Los 39 Escalones

Por

John Buchan

1. El hombre que murió

Aquella tarde de mayo, hacia las tres, volví de la City bastante hastiado de la vida. Hacía tres meses que me encontraba en la madre patria, y ya estaba harto de ella. Si un año antes me hubieran dicho que me sentiría así, no me lo habría creído; pero así era. La lluvia me ponía de malhumor, el lenguaje del inglés corriente me ponía enfermo, no podía hacer bastante ejercicio, y las diversidades de Londres me parecían tan insulsas como una gaseosa dejada mucho tiempo al sol. «Richard Hannay —me decía a mí mismo una y otra vez —, has caído en una zanja, amigo mío, y será mejor que te des prisa en salir.»

Me mordía los labios sólo de pensar en todos los planes que había hecho durante los últimos años pasados en Buluwayo. Fueron muchos; no extraordinarios, pero sí lo bastante buenos para mí; y había imaginado gran cantidad de medios para divertirme. Mi padre me sacó de Escocia a los seis años, y no había estado en casa desde entonces, de modo que Inglaterra me parecía un cuento de Las mil y una noches, y mi intención era quedarme allí hasta el fin de mis días.

Pero desde el primero me decepcionó. Al cabo de una semana estaba cansado de ver monumentos, y al cabo de un mes estaba harto de restaurantes, teatros y carreras de caballos. No tenía ningún amigo con quien salir, lo que probablemente explica las cosas. Mucha gente me invitaba a su casa, pero nadie parecía demasiado interesado por mí. Me hacían una o dos preguntas sobre Sudáfrica, y después volvían a sus asuntos. Muchas damas imperialistas me invitaban a tomar té para presentarme a maestros de escuela de Nueva Zelanda y editores de Vancouver, y esto era lo peor de todo. Allí estaba yo, a los treinta y siete años, sano de cuerpo y alma, con dinero suficiente para pasarlo bien, bostezando de aburrimiento durante todo el día. Empezaba a tomar en consideración la idea de largarme y regresar a las estepas africanas, pues era el hombre más aburrido del Reino Unido.

Aquella tarde había estado hablando con mis corredores sobre posibles inversiones para distraerme un poco, y de regreso a casa pasé por mi club, que era más bien un antro que admitía socios de las colonias. Tomé varias copas y leí los periódicos vespertinos. Todos comentaban la delicada situación en el Próximo Oriente, y había un artículo sobre Karolides, el primer ministro griego. Lo describía bastante bien. Por lo visto era un hombre importante en la escena internacional; y jugaba limpio, cosa que no podía decirse de la mayoría. Deduje que en Berlín y Viena le odiaban a muerte pero que nosotros le apoyaríamos, y un periódico decía que era el único obstáculo entre Europa y Armagedón. Recuerdo que me pregunté si podría conseguir un empleo en esa zona. Estaba convencido de que Albania era uno de esos lugares donde es imposible aburrirse.

Alrededor de las seis fui a casa, me vestí, cené en el Café Royal, y me metí en un teatro de variedades. Era un espectáculo soporífero, compuesto por mujeres que brincaban y hombres con cara de mono, y me quedé poco rato. La noche era espléndida y regresé andando al piso que había alquilado cerca de Portland Place. La gente paseaba junto a mí charlando animadamente, y envidié a esas personas por tener algo que hacer. Esas dependientas y oficinistas, petimetres y policías, sentían por la vida un interés que les impulsaba a seguir adelante. Di media corona a un mendigo porque le vi bostezar; sufría del mismo mal que yo. En Oxford Circus levanté los ojos al cielo de primavera e hice un juramento. Concedería otro día a la madre patria para que me proporcionara alguna distracción; si no sucedía nada, tomaría el primer barco con destino a Ciudad del Cabo.

Mi apartamento estaba en el primer piso de un edificio nuevo detrás de Langham Place. Había una escalera corriente con un conserje y un ascensorista en la entrada, pero no había ningún restaurante ni nada por el estilo, y cada piso estaba completamente aislado de los demás. Odio a las criadas por principio, de modo que un hombre venía a servirme durante el día. Llegaba antes de las ocho de la mañana y solía marcharse a las siete, pues yo nunca cenaba en casa.

Estaba metiendo la llave en la cerradura cuando reparé en la presencia de un individuo junto a mí. No le había visto acercarse, y su súbita aparición me sobresaltó. Era un hombre delgado, con una barba castaña y penetrantes ojillos azules. Le reconocí como el ocupante del piso superior, con el cual me había cruzado algunas veces en la escalera.

—¿Puedo hablar con usted? ¿Me permite que entre un momento? —dijo. Hacía un visible esfuerzo para dominar el temblor de su voz, y me tocaba el brazo con una mano.

Abrí la puerta y le indiqué que entrara con un gesto. En cuanto hubo traspuesto el umbral se dirigió a la habitación trasera, donde yo solía fumar y escribir cartas. Después dio media vuelta y regresó sobre sus pasos.

—¿Ha cerrado la puerta? —preguntó febrilmente, y él mismo corrió la cadena—. Lo siento mucho —dijo humildemente—. No debería tomarme tantas libertades, pero usted parece ser un hombre comprensivo. He pasado toda la semana pensando en usted, desde que las cosas se pusieron difíciles. Dígame, ¿querrá hacerme un favor?

—Le escucharé —repuse—. No puedo prometerle más.

Empezaban a inquietarme las bufonadas de aquel nervioso personaje.

A su lado había una mesa con una bandeja de bebidas, de la que se sirvió un cargado whisky con soda. Se lo tomó en tres tragos, y resquebrajó el vaso al dejarlo sobre la mesa.

—Perdone —dijo—, esta noche estoy un poco nervioso. Verá, da la casualidad de que en este momento estoy muerto.

Yo me senté en un sillón y me puse a encender la pipa.

—¿Qué se siente estando muerto? —pregunté. Estaba seguro de que tenía que habérmelas con un loco.

Una sonrisa distendió su avispado rostro.

—No estoy loco… todavía. Escuche, señor, le he estado observando, y me parece que es usted una persona ecuánime. También me parece un hombre honrado, y lo bastante valiente para no amilanarse con facilidad. Voy a confiar en usted. Necesito que alguien me ayude, y quiero saber si puedo contar con usted.

—Cuénteme de qué se trata —dije—, y después le contestaré.

Pareció prepararse para un gran esfuerzo, y después se lanzó al más extraño de los galimatías. Al principio no entendí nada, y tuve que interrumpirle para hacerle unas cuantas preguntas. Pero la esencia del asunto es ésta:

Era americano, de Kentucky, y al terminar la carrera, como disponía de medios económicos, decidió ver un poco de mundo. Sabía escribir, y trabajó como corresponsal de guerra para un periódico de Chicago; después pasó un año o dos en el sudeste de Europa. Deduje que era un buen lingüista, y que había llegado a conocer bastante bien la sociedad de esa zona. Mencionó familiarmente muchos nombres que recordé haber visto en los periódicos.

Me dijo que se había introducido en los medios políticos, primero por interés y después porque no pudo evitarlo. Le clasifiqué como un hombre perspicaz e inquieto, que siempre quería llegar a la raíz de las cosas. Y había llegado más lejos de lo que quería.

Les explico lo que me dijo tal como yo lo entendí. A espaldas de todos los gobiernos y ejércitos se había organizado un gran movimiento subterráneo, dirigido por personas muy peligrosas. Él lo descubrió por casualidad; le fascinó, siguió adelante y le sorprendieron. Deduje que sus miembros pertenecían a la clase de anarquistas educados que hacen las revoluciones, pero que junto a ellos estaban los financieros que jugaban por dinero. Un hombre listo puede obtener grandes beneficios de un mercado en decadencia, y a ambas clases les convenía enemistar a Europa.

Me refirió algunas cosas que explicaban otras que me habían

desconcertado; cosas que ocurrieron en la Guerra de los Balcanes: cómo un estado podía descollar súbitamente, por qué se hacían y rompían las alianzas, por qué había ciertos hombres que desaparecían, y de dónde procedían los materiales para la guerra. El objetivo de toda la conspiración era enfrentar a Rusia y Alemania.

Cuando le pregunté por qué, dijo que los anarquistas confiaban en que eso les daría una oportunidad. Todo estaría en un crisol, y ellos esperaban que surgiera un mundo nuevo. Los capitalistas recogerían las ganancias y amasarían fortunas acaparando los despojos. El capital, dijo, no tenía conciencia ni patria. Además, los judíos estaban detrás de toda esta trama, y los judíos odiaban a Rusia con toda su alma.

—¿Le sorprende? —exclamó—. Han sido perseguidos durante trescientos años, y éste es su desquite de los pogroms. Los judíos están en todas partes, pero hay que rebuscar mucho para encontrarles. Tome cualquier empresa alemana de cierta importancia. Si tienes tratos con ellas, el primer hombre al que conoces es el príncipe vori und zu Algo, un joven elegante que habla un inglés de Eton y Harrow. Pero él no pincha ni corta. Si se trata de un gran negocio, pasas por encima de él y encuentras a un westfaliano prognato con una frente de gorila y los modales de un cerdo. Él es el hombre de negocios alemán que produce escalofríos a sus periódicos ingleses. Pero cuando el negocio es de primera y debes tratar con el verdadero amo, te llevan ante un judío bajo y pálido con la mirada de una serpiente cascabel. Sí, señor, él es el hombre que gobierna el mundo en este momento, y su objetivo es dar el golpe de gracia al Imperio del zar, porque su tía fue ultrajada y su padre azotado en algún pueblecito junto al Volga.

No pude dejar de decirle que sus anarquistas judíos parecían haberse quedado un poco atrás.

—Sí y no —contestó—. Triunfaron hasta cierto punto, pero descubrieron algo más importante que el dinero, algo que no podía comprarse: el instinto combativo del hombre. Si te van a matar, te inventas una especie de bandera o país por el que luchar, y si sobrevives llegas a amar esa cosa. Esos pobres diablos de soldados han encontrado algo que les importa, y que ha trastornado el bonito plan urdido en Berlín y Viena. Pero mis amigos aún no han jugado su última carta. Tienen un as en la manga, y a menos que yo logre seguir con vida un mes más, lo jugarán y ganarán.

—Yo creía que estaba usted muerto —comenté

—Mors janua vitae —dijo él sonriendo. (Reconocí la cita: era casi todo el latín que sabía)—. Ya llegaremos a esto, pero primero tengo que ponerle en antecedentes. Si ha leído su periódico, supongo que conocerá el nombre de Constantine Karolides, ¿no?

Al oír esto me enderecé, pues había leído un artículo sobre él aquella misma tarde.

—Es el hombre que ha desbaratado todos sus planes. Es el mayor cerebro de la política actual, y además da la casualidad de que es un hombre honrado. Por lo tanto, van detrás de él desde hace doce meses. Yo lo descubrí; no fue muy difícil, cualquier tonto habría podido adivinarlo. Pero no descubrí cómo pensaban quitarle de en medio, y esta información fue mortífera. Por eso he tenido que morirme.

Tomó otra copa, y yo mismo se la serví, pues empezaba a interesarme por el mendigo.

—No pueden liquidarle en su país, porque tiene una escolta de epirotas que despellejarían a sus abuelas. Pero el día quince de junio vendrá a esta ciudad. El Ministerio de Asuntos Exteriores británico se ha aficionado a las reuniones para tomar el té internacionales, y la mayor de ellas está programada para esa fecha. Karolides será el invitado de honor, y si mis amigos se salen con la suya nunca regresará a su querida patria.

—La solución es muy sencilla —dije yo—. Puede advertirle e impedir que venga.

—¿Y seguirles el juego? —preguntó vivamente—. Si no viene ellos ganan, porque es el único hombre que puede desenmarañar el enredo. Si advierto a su gobierno no vendrá, pues él no sabe lo importante que será la reunión del quince de junio.

—¿Qué hay del gobierno británico? —dije yo—. No permitirán que asesinen a sus huéspedes. Avíseles y tomarán las precauciones necesarias.

—Sería inútil. Aunque llenaran la ciudad de detectives de paisano y doblaran la vigilancia policial, Constantine seguiría siendo un hombre sentenciado. Mis amigos no son unos simples aficionados. Quieren una gran ocasión para el arranque, una ocasión sobre la que estén puestos los ojos de toda Europa. Será asesinado por un austríaco, y habrá muchas pruebas que demuestren la participación de Viena y Berlín. Naturalmente, será una mentira infernal, pero el mundo caerá en la trampa. No estoy hablando por hablar, amigo mío. Da la casualidad de que conozco hasta el último detalle de esta diabólica maquinación, y puedo decirle que será el golpe de mano más astuto desde la época de los Borgia. Pero no pasará nada si el día quince de junio está en Londres un hombre vivo que conozca los mecanismos del asunto. Y este hombre será su servidor, Franklin P. Scudder.

El individuo empezaba a gustarme. Su mandíbula se había cerrado igual que una ratonera, y en sus penetrantes ojos brillaba el fuego de la batalla. Si me estaba contando un cuento chino, lo hacía muy bien.

—¿De dónde ha sacado toda esta historia? —pregunté.

—Obtuve el primer indicio en una posada del Achensee, en el Tirol. Eso me impulsó a investigar, y reuní mis demás pistas en una tienda de pieles del barrio galiziano de Buda, en un club para extranjeros de Viena, y en una pequeña librería, de la Racknitzstrasse de Leipzig. Hace diez días conseguí las últimas pruebas en París. No puedo explicarle los detalles en este momento, porque es una historia muy compleja. Cuando estuve seguro de todo me pareció conveniente desaparecer, y llegué a esta ciudad siguiendo un circuito bastante raro. Dejé París como un elegante joven franco-americano y zarpé de Hamburgo como comerciante de diamantes judío. En Noruega fui un estudiante inglés de Ibsen que recogía material para unas conferencias, pero cuando dejé Bergen me había convertido en un director de películas especiales de esquí. Y llegué aquí procedente de Leith con los bolsillos llenos de artículos para entregar a los periódicos londinenses. Hasta ayer pensé que había logrado ocultar mis huellas, y me sentía bastante satisfecho. Después…

Esta evocación pareció trastornarle, y engulló un poco más de whisky.

—Después vi a un hombre que paseaba por la calle delante de este edificio. Solía quedarme encerrado todo el día en mi habitación, y sólo me escabullía una o dos horas por la noche. Le observé un buen rato desde la ventana, y me pareció reconocerle… Entró y habló con el conserje… Cuando anoche volví de mi paseo encontré una tarjeta en mi buzón. Era del hombre al que menos deseo ver en este mundo.

Creo que la expresión en los ojos de mi compañero y el terror de su cara terminaron de convencerme sobre su sinceridad. Mi propia voz se agudizó un poco cuando le pregunté qué hizo después.

—Comprendí que estaba acorralado, y que sólo tenía una salida. Debía morirme. Si mis perseguidores me creían muerto volverían a desparecer.

—¿Cómo se las compuso?

—Dije a mi sirviente que me encontraba muy mal, y me las arreglé para tener aspecto de moribundo. No fue difícil, pues tengo experiencia en disfrazarme. Después me agencié un cadáver; en Londres siempre puedes conseguir un fiambre si sabes dónde buscarlo. Lo traje dentro de un baúl en el techo de un vehículo de cuatro ruedas, y tuvieron que ayudarme a subirlo a mi habitación. Era necesario acumular pruebas para la encuesta. Me metí en la cama y ordené a mi sirviente que me preparara un somnífero, y después le dije que se largara. Quería ir a buscar a un médico, pero yo maldije un poco y le confesé que no resistía las sanguijuelas. Cuando me quedé solo empecé a arreglar el cadáver. Era de mi estatura, y deduje que había muerto por beber demasiado, de modo que puse botellas por todas partes. La mandíbula era lo menos parecido, así que se la destrocé con un revólver. Supongo que mañana habrá alguien que jure haber oído un tiro, pero en mi piso no hay vecinos, y decidí correr el riesgo. Dejé el cadáver en la cama, vestido con mi pijama, con un revólver entre las sábanas y un considerable desorden alrededor. Después me puse un traje que había estado reservando para alguna emergencia. No me atreví a afeitarme por miedo a dejar pistas, y además habría sido absurdo que intentara llegar a la calle. Había estado pensando en usted durante todo el día, y llegué a la conclusión de que era mi única posibilidad. He estado mirando por la ventana hasta que le he visto llegar, y entonces he salido a su encuentro... Eso es todo, señor, ahora ya sabe casi tanto como yo sobre este asunto.

Empezó a parpadear igual que un búho. Tembloroso a causa del nerviosismo, pero desesperadamente decidido. A estas alturas yo estaba convencido de que había sido sincero conmigo. Era una historia increíble, pero a lo largo de mi vida había oído muchos cuentos aparentemente falsos que después resultaron ciertos, y había adquirido la costumbre de juzgar al hombre en vez de la historia. Si hubiera querido introducirse en mi piso para después cortarme el cuello, habría escogido un cuento menos absurdo.

—Deme su llave —dije—, y echaré una ojeada al cadáver. Disculpe mis precauciones, pero es lógico que quiera verificar todo lo que pueda.

Él meneó tristemente la cabeza.

—Suponía que querría hacerlo, pero no la tengo. Está colgada de mi cadena en la mesilla de noche. No podía llevármela y dejar una pista que levantara sospechas. Los caballeros que me persiguen son muy listos. Tendrá que confiar en mí por esta noche, y mañana no le quedará ninguna duda sobre la existencia del cadáver.

Yo reflexioné unos instantes.

—Está bien. Confiaré en usted por esta noche. Le encerraré en esta habitación y me guardaré la llave. Quiero decirle una cosa, señor Scudder. Creo que es usted sincero, pero si no lo es debo advertirle que soy un buen tirador.

—Desde luego —dijo, levantándose con cierta brusquedad—. No tengo el honor de conocer su nombre, señor, pero permítame decirle que es usted un hombre honrado. Le agradecería que me prestara una navaja de afeitar.

Le llevé a mi dormitorio y le dejé solo. Al cabo de media hora vi salir a una persona que apenas reconocí. Sólo sus penetrantes ojos azules eran los mismos. Se había afeitado la barba, llevaba el cabello peinado con raya en medio, y se había recortado las cejas. Además, se comportaba con marcialidad, y era la viva imagen, incluso por la tez morena, de un oficial británico que hubiese pasado una larga temporada en la India. También tenía un monóculo, que se colocó en el ojo, y habló con voz de la que había desaparecido todo vestigio de acento americano.

—¡Increíble! Señor Scudder... —balbuceé.

—Nada de señor Scudder —corrigió—; capitán Theophilus Digby, del Cuarenta de los gurkas, actualmente de permiso en la patria. Le agradeceré que lo recuerde, señor.

Le preparé una cama en mi salón de fumar y después me fui a acostar, más alegre de lo que había estado durante el último mes. Al parecer sí que ocurrían cosas de vez en cuando, incluso en esa ciudad olvidada de Dios.

A la mañana siguiente me despertaron los ruidos de mi criado, Paddock, al intentar abrir la puerta del salón de fumar. Paddock era un tipo al que había hecho un favor en Sudáfrica, y le tomé a mi servicio en cuanto llegué a Inglaterra. Tenía tanta facilidad de palabra como un hipopótamo y carecía de las dotes necesarias para ser un buen criado, pero yo sabía que podía confiar con su lealtad.

—No haga estruendo, Paddock —dije—. Un amigo mío, el capitán... el capitán... —(no pude recordar el nombre)—. Está durmiendo ahí dentro. Prepare desayuno para dos y después venga a hablar conmigo.

Expliqué a Paddock la historia de que mi amigo era un personaje muy influyente, con los nervios alterados por el exceso de trabajo, que quería descanso y quietud absolutos. Nadie debía saber que estaba aquí, porque entonces le asediarían con mensajes del Ministerio de la India y del primer ministro, y su cura de reposo se vería desbaratada. He de decir que Scudder desempeñó su papel a la perfección cuando salió a desayunar. Miró fijamente a Paddock con su monóculo, igual que un oficial británico, le hizo varias preguntas sobre la Guerra de los Bóers y me mencionó a toda clase de amigos imaginarios. Paddock nunca había aprendido a llamarme «señor», pero dio ese tratamiento a Scudder como si su vida dependiera de ello.

Le dejé con el periódico, y una caja de cigarros, y fui a la City hasta que se hizo la hora de comer. Cuando volví, el ascensorista tenía una expresión solemne.

—Mal asunto el de esta mañana, señor. El del número quince se ha pegado un tiro. Acaban de llevárselo al depósito. La policía aún está arriba.

Subí al número quince, y encontré a un par de agentes y un inspector ocupados en hacer un registro. Hice unas cuantas preguntas tontas, y no tardaron en echarme. Después encontré al criado de Scudder, y le sondeé, pero vi que no sospechaba nada. Era un tipo quejumbroso con cara de sepulturero, y media corona sirvió para consolarle.

Al día siguiente asistí a la encuesta.

Un socio de cierta casa editorial declaró que el difunto le había llevado varios artículos para publicar y añadió que, al parecer, era agente de una empresa americana. El jurado decidió que había sido un suicidio, y las escasas pertenencias del muerto fueron entregadas al cónsul americano. Hice a Scudder un relato detallado de la sesión, que le interesó mucho. Dijo que le habría gustado asistir a la encuesta, pues opinaba que debía ser tan divertido como leer la propia esquela mortuoria.

Los dos primeros días que estuvo conmigo en aquella habitación trasera se mostró muy sosegado. Leía y fumaba un poco, y tomaba muchas notas en una libreta, y por la noche jugábamos una partida de ajedrez, que él ganaba invariablemente. Creo que estaba recuperando el equilibrio psíquico, pues había pasado una mala época. Sin embargo, el tercer día observé que empezaba a mostrarse inquieto. Hizo una lista de los días hasta el quince de junio, y los iba tachando con un lápiz rojo, haciendo observaciones en taquigrafía junto a ellos. A veces le encontraba sumido en profundas meditaciones, con una mirada abstraída en sus penetrantes ojos, y después de estos intervalos de reflexión parecía muy abatido.

Después observé que empezaba a ponerse nervioso otra vez. Se sobresaltaba al oír el menor ruido, y continuamente me preguntaba si Paddock era digno de confianza. Una vez o dos llegó a mostrarse agresivo, y se disculpó por ello. Yo no le culpaba. Era indulgente con él, pues me hacía cargo de su difícil situación.

No era su propia seguridad lo que le preocupaba, sino el éxito de los planes que había hecho. Aquel hombrecillo poseía una fuerza de carácter poco común, y no se daba fácilmente por vencido. Una noche se mostró muy solemne.

—Escuche, Hannay —dijo—, creo que debo revelarle algo más sobre este asunto. No me gustaría irme sin dejar a alguien que siguiera ofreciendo resistencia. —Y empezó a explicarme con detalle lo que me había esbozado a grandes rasgos.

No le presté demasiada atención. La verdad es que estaba más interesado en sus propias aventuras que en la alta política. Consideraba que Karolides y sus problemas no eran asunto mío, y se los dejé todos a él. Así pues, mucho de lo que dijo se borró de mi memoria. Recuerdo que subrayó el hecho de que Karolides no correría peligro hasta que llegara a Londres, y que éste vendría de las esferas más altas, donde nadie sospecharía nada. Mencionó el nombre de una mujer, Julia Czechenyi, en relación con el peligro. Deduje que ella sería el señuelo para alejar a Karolides de sus guardianes. También habló de una Piedra Negra y de un hombre que ceceaba al hablar, y describió minuciosamente a alguien al que nunca se refería sin un estremecimiento, un anciano con voz de joven que parpadeaba como un halcón.

También habló mucho sobre la muerte. Estaba mortalmente ansioso de triunfar en su empeño, pero su vida no le importaba nada.

—Supongo que es como quedarte dormido cuando estás muy cansado, y despertarte una hermosa mañana de verano con el olor a heno entrando por la ventana. Solía dar gracias a Dios por tales días cuando estaba en Kentucky, y me imagino que también lo haré cuando me despierte en la otra orilla del Jordán.

Al día siguiente estaba mucho más alegre, y pasó varias horas leyendo la vida de Jackson. Yo salí a cenar con un ingeniero de minas al que debía ver por asuntos de negocios, y volví hacia las diez y media para jugar nuestra partida de ajedrez antes de acostarnos.

Recuerdo que tenía un cigarro en la boca cuando abrí la puerta del salón de fumar. Las luces no estaban encendidas, lo que me pareció muy extraño. Me pregunté si Scudder ya se habría acostado.

Apreté el interruptor, pero allí no había nadie.

De repente vi algo al otro extremo de la habitación que me hizo soltar el cigarro y estremecerme de pies a cabeza.

Mi huésped estaba tendido boca arriba. Un enorme cuchillo le atravesaba el corazón y le mantenía clavado en el suelo.

2. El lechero emprende sus viajes

Me senté en un sillón porque la cabeza me daba vueltas. Eso duró cinco minutos, y fue seguido por un acceso de terror. La blanca cara con ojos vidriosos a poca distancia de mí era más de lo que podía resistir, y conseguí coger un mantel y taparla. Después fui tambaleándome hasta la mesa de las bebidas, encontré el coñac y engullí varios tragos. No era la primera vez que veía un cadáver; yo mismo había matado a unos cuantos hombres en la guerra de Matabele; pero ese asesinato a sangre fría era diferente. Sin embargo, logré dominarme. Consulté mi reloj, y vi que eran las diez y media.

De pronto me asaltó una idea, y registré el piso de arriba abajo. No había nadie, ni el rastro de nadie, pero bajé todas las persianas y puse la cadena de la puerta.

Cuando terminé había recobrado mis cinco sentidos, y pude volver a pensar. Tardé una hora en aclarar mis ideas, y no me apresuré, pues a menos que el asesino regresara, tenía hasta las seis de la madrugada para reflexionar.

Me encontraba en un apuro; eso era evidente. Cualquier duda que hubiese podido tener sobre la verdad de la historia de Scudder ya se había desvanecido. La prueba estaba debajo del mantel. Los hombres que sabían que él sabía lo que sabía le habían localizado, y habían tomado medidas drásticas para asegurarse de su silencio. Sí, pero había estado cuatro días en mi piso, y sus enemigos debían haber supuesto que había confiado en mí. Así pues, yo sería la siguiente víctima. Podía suceder aquella noche, o al cabo de un día o de dos, pero de todos modos estaba sentenciado.

De repente se me ocurrió otra posibilidad. ¿Qué pasaría si ahora saliera a la calle y llamara a la policía, o me fuera a acostar y dejara que Paddock encontrase el cadáver y les llamara a la mañana siguiente? ¿Qué historia les contaría sobre Scudder?

Había mentido a Paddock acerca de él, y toda la situación resultaba desesperadamente inverosímil. Si lo confesaba todo y revelaba a la policía todo lo que él me había contado, se limitarían a reírse de mí. Lo más probable era que me culparan de asesinato, y las pruebas circunstanciales eran suficientes para ahorcarme. Pocas personas me conocían en Inglaterra; no tenía ningún amigo verdadero que pudiera responder de mí. Quizá fuese esto lo que pretendían aquellos enemigos secretos. Eran muy listos, y una cárcel inglesa constituía un medio tan efectivo para quitarme de en medio hasta el quince de junio como un cuchillo en mi pecho.

Además, si revelaba toda la historia y por algún milagro me creían, estaría siguiéndoles el juego. Karolides se quedaría en su país, que era lo que ellos deseaban. De un modo u otro la visión del lívido rostro de Scudder me había convertido en un apasionado partidario de su plan. Él había desaparecido, pero después de haber depositado su confianza en mí, y yo estaba destinado a llevar a cabo su trabajo.

Quizá les parezca algo ridículo para un hombre en peligro de muerte, pero yo lo veía así. Soy un tipo normal y corriente, no más valeroso que otras personas, pero no me gusta ver a un hombre derrotado y aquel cuchillo no significaría el fin de Scudder si yo podía jugar la partida en su lugar.

Tardé una o dos horas en llegar a esta conclusión, pero entonces ya me había decidido. Tenía que desaparecer de algún modo, y no dejarme encontrar hasta finales de la segunda semana de junio. Entonces tendría que hallar la manera de ponerme en contacto con alguien del gobierno y decirle lo que Scudder me había contado. Deseé que me hubiera contado algo más, y haber escuchado con más atención lo poco que me había revelado. Sólo conocía las líneas generales de la confabulación. Corría el riesgo de que, aunque lograra sobrevivir a los demás peligros, al final no me creyeran. Tenía que arriesgarme y confiar en que sucediera algo que confirmase mi relato a ojos del gobierno.

Lo primero que debía hacer era mantenerme con vida durante las tres semanas siguientes. Estábamos a veinticuatro de mayo, por lo que debería mantenerme oculto durante veinte días antes de entrar en acción. Comprendí que dos grupos de personas harían todo lo posible para encontrarme: los enemigos de Scudder para liquidarme, y la policía que me buscaría por el asesinato de Scudder. Sería una cacería vertiginosa, y es extraño lo mucho que me confortó la perspectiva. Había estado inactivo tanto tiempo que recibía con agrado cualquier clase de actividad. Si hubiera tenido que quedarme sentado junto a aquel cadáver y confiar en el destino, habría reaccionado con abatimiento, pero mi vida dependía de mi propio ingenio y esto me hizo reaccionar con animación.

Después pensé que quizá Scudder tuviera algún papel que me revelara algo más sobre el asunto. Retiré el mantel y le registré los bolsillos, pues ya no me asustaba acercarme al cadáver. Tenía la cara maravillosamente serena para ser un hombre que había fallecido de modo tan violento. No encontré nada en el bolsillo del pecho, y sólo unas cuantas monedas y un estuche de cigarros en el chaleco. En los pantalones llevaba un pequeño cortaplumas y varios billetes, y el bolsillo lateral de su americana contenía una vieja petaca de piel de cocodrilo. No había rastro de la pequeña agenda negra en la que le había visto tomar notas. Seguramente el asesino se la había llevado.

Pero cuando hube terminado el registro y miré a mi alrededor, vi que algunos cajones del escritorio estaban abiertos. Scudder no los habría dejado en este estado, pues era el más ordenado de los mortales. Alguien debía haber buscado algo; quizá la agenda.

Di una vuelta por el piso y descubrí que todo había sido registrado a fondo: el interior de los libros, cajones, armarios, cajas, incluso los bolsillos de mis trajes y el bufete del comedor. No había rastro de la agenda. Lo más probable era que el enemigo la hubiese encontrado, pero no la había hallado en el cuerpo de Scudder.

Después saqué un atlas y examiné un gran mapa de las Islas Británicas. Mi intención era refugiarme en algún distrito solitario, donde mis conocimientos sobre las zonas agrestes me resultaran útiles, pues en una ciudad me sentiría como una rata acorralada.

Pensé que Escocia sería lo mejor, pues mi familia era escocesa y yo podía pasar por escocés en cualquier parte. En el primer momento tuve la idea de ser un turista alemán, pues mi padre había tenido socios alemanes, y yo había aprendido a hablar esa lengua con bastante fluidez, aparte de que había pasado tres años haciendo prospecciones cupríferas en la Damaralandia alemana. Pero me imaginé que pasaría más inadvertido como escocés, incluso para la policía. Decidí que Galloway era el mejor lugar a donde podía ir. Constituía la zona agreste de Escocia más cercana, y por el aspecto del mapa no estaba demasiado poblada.

Una mirada a la Guía de Ferrocarriles Bradshaw me reveló que a las siete y diez salía un tren de St. Paneras, el cual me dejaría en la estación de Galloway a última hora de la tarde. Eso estaba bastante bien, pero lo más importante era cómo llegaría a St. Paneras, pues me hallaba convencido de que los amigos de Scudder estarían vigilando en el exterior. Esto me desconcertó durante un rato; después tuve una inspiración, de modo que me fui a la cama y dormí durante un par de horas con un sueño bastante agitado.

Me levanté a las cuatro y subí las persianas de mi dormitorio. La luz mortecina de una espléndida mañana primaveral inundaba el cielo, y los gorriones habían empezado a cantar. Mi estado de ánimo cambió súbitamente, y me sentí como un tonto olvidado de Dios. Tuve la tentación de dejar que las cosas siguieran su curso, y confiar en que la policía británica enfocara razonablemente mi caso. Pero cuando repasé la situación no encontré ningún argumento que justificara un cambio de actitud, de modo que con una mueca de desagrado decidí seguir adelante con mi plan de la noche anterior. No es que estuviera especialmente asustado; sólo reacio a meterme en un lío, si es que ustedes me entienden.

Me puse un traje de tweed muy usado, un par de fuertes botas claveteadas y una camisa de franela. Me llené los bolsillos con una camisa de repuesto, una gorra de paño, varios pañuelos y un cepillo de clientes. Dos días antes había retirado del banco una buena suma de oro, por si Scudder necesitaba dinero, y oculté cincuenta libras en soberanos dentro de un cinturón que había traído de Rodesia. Esto era lo único que quería. Después tomé un baño, y me recorté el bigote, que llevaba largo y caído, en una línea corta y recta.

Ahora venía el paso siguiente. Paddock solía llegar a las siete y media en punto y entraba con su propia llave. Pero alrededor de las siete menos veinte, como sabía por amarga experiencia, aparecía el lechero con un gran estruendo de botellas, y depositaba las mías delante de la puerta. Yo había visto varias veces a ese lechero, en las ocasiones que había salido a dar un paseo mañanero. Era un hombre joven de estatura similar a la mía, con un bigote mal recortado, y llevaba un mono blanco. En él cifraba todas mis esperanzas.

Fui a la habitación trasera, donde los rayos del sol empezaban a introducirse por las rendijas de las persianas. Allí desayuné un whisky con soda y algunas galletas que cogí del aparador. Ya eran casi las seis. Me metí una pipa en el bolsillo y llené mi petaca con tabaco del bote que había sobre la mesa próxima a la chimenea.

Cuando metí la mano en el bote mis dedos tropezaron con algo duro, y apareció la pequeña agenda negra de Scudder... Esto me pareció un buen presagio. Levanté el mantel que cubría el cadáver, y me asombró observar la paz y dignidad del rostro sin vida.

—Adiós, viejo amigo —dije—, haré lo que pueda por usted. Deséeme buena suerte, desde dondequiera que esté.

Después, salí al vestíbulo y esperé la llegada del lechero. Ésta fue la peor parte de todo el asunto, pues estaba deseando marcharme. Sonaron las seis y media, después las siete menos cuarto, y no apareció. El muy inoportuno había escogido precisamente ese día para retrasarse.

Un minuto después de las siete menos cuarto oí el ruido de las botellas en el rellano. Abrí la puerta, y allí estaba mi hombre dejando mis botellas en el suelo y silbando entre dientes. Se sobresaltó un poco al verme.

—Entre un momento —dije—. Quiero hablar con usted. —Y le conduje al comedor.

—Creo que es usted un hombre comprensivo —le dije—, y quiero que me haga un favor. Présteme la gorra y el mono diez minutos, y le daré un soberano.

Sus ojos se abrieron al ver el oro, y sonrió ampliamente.

—¿De qué va la cosa? —preguntó.

—Se trata de una apuesta —dije yo—. No tengo tiempo para explicárselo, pero para ganarla he de convertirme en lechero durante los próximos diez minutos. Lo único que usted debe hacer es quedarse aquí hasta que yo vuelva. Se retrasará un poco, pero nadie se quejará y habrá ganado una corona.

—¡De acuerdo! —exclamó alegremente—. Me gustan las apuestas. Aquí tiene los trastos, jefe.

Me puse su gorra y su mono blanco, cogí las botellas, cerré la puerta de golpe y bajé las escaleras silbando. El portero me dijo que cerrara el piso, y yo lo tomé como una prueba de que mi disfraz era convincente.

En el primer momento me pareció que no había nadie en la calle. Después vi a un policía unos cien metros más abajo, y a un vago que paseaba por el otro lado. Un impulso me hizo levantar los ojos hasta la casa de enfrente, y avisté una cara en una ventana del primer piso. El vago miró hacia arriba al pasar, y creí observar que intercambiaban una señal.

Crucé la calle, silbando jovialmente e imitando el despreocupado andar del lechero. Después tomé la primera travesía y giré a la izquierda en una esquina donde había un solar vacío. El callejón estaba desierto, de modo que arrojé las botellas por encima de la valla y después hice la misma operación con la gorra y el mono. Acababa de ponerme mi gorra de paño cuando un cartero dobló la esquina.

Le di los buenos días y él me contestó sin ningún recelo. En aquel momento, el reloj de una iglesia cercana dio las siete.

No tenía un minuto que perder. En cuanto llegué a Euston Road puse pies en polvorosa y eché a correr. El reloj de la estación de Euston señalaba las siete y cinco. En St. Paneras no tuve tiempo de tomar un billete, aparte de que no había decidido mi punto de destino. Un mozo me indicó el andén, y cuando entré en él vi que el tren ya se había puesto en movimiento. Dos funcionarios de la estación me cerraron el paso, pero les esquivé y me encaramé al último vagón.

Tres minutos después, mientras atravesábamos los túneles del norte, tuve que enfrentarme con un airado revisor. Me extendió un billete para Newton Stewart, un nombre que me había venido súbitamente a la memoria, y me llevó del compartimiento de primera clase donde me había acomodado a uno de tercera para fumadores, ocupado por un marinero y una voluminosa mujer con un niño. Se marchó gruñendo, y mientras me enjugaba la frente comenté a mis compañeros, con mi mejor acento escocés, que tomar un tren era un mal asunto.

Ya me había identificado plenamente con mi personaje.

—¡Vaya un tío insolente! —dijo la dama con acritud—. A éste le hace falta un escocés con agallas para ponerle en su sitio. Se queja de que esta criatura no lleve billete y no hará el año hasta agosto, y después va y protesta de que este caballero escupa.

El marinero asintió de mal talante, y yo inicié mi vida nueva en una atmósfera de protestas contra la autoridad. Me recordé a mí mismo que una semana antes el mundo me había parecido aburrido.

3. La aventura del posadero literato

Aquel día disfruté plenamente de mi viaje hacia el norte. Era un espléndido día de mayo, los arbustos florecían en todos los setos, y yo me pregunté por qué, mientras aún era un hombre libre, me había quedado en Londres y no había salido a gozar de la campiña. No me atreví a ir al vagón restaurante, pero compré una bolsa de comida en Leeds y la compartí con la mujer gorda. También compré los periódicos de la mañana, con noticias sobre los participantes del Derby y el comienzo de la temporada de criquet, así como algunos párrafos que informaban sobre la estabilización de los acontecimientos en los Balcanes y la salida de varios barcos británicos hacia Kiel.

Cuando hube terminado de leerlos saqué la pequeña agenda negra de Scudder y la estudié. Estaba llena de garabatos, en su mayor parte números, aunque de vez en cuando había algún nombre intercalado. Por ejemplo, encontré las palabras «Hofgaard», «Luneville» y «Avocado» con cierta frecuencia, y especialmente la palabra «Pavía». Ahora sabía que Scudder nunca hacía nada sin una razón, y estaba seguro de que había una clave en todo aquello. Éste es un tema que siempre me ha interesado, y yo mismo lo había estudiado un poco cuando fui oficial del Servicio de Inteligencia en Delagoa Bay durante la Guerra de los Bóers. Tengo facilidad para cosas como el ajedrez y los acertijos, y me considero bastante dotado para descifrar claves. Ésta se parecía a la clave numérica donde series de números corresponden a las letras del alfabeto, pero cualquier hombre medianamente astuto puede encontrar la solución a ese tipo de clave tras una o dos horas de trabajo, y yo no creía que Scudder se conformara con algo tan fácil. Así pues, me concentré en las palabras, ya que se puede hacer una clave numérica bastante buena teniendo una palabra determinada que dé el orden de las letras.

Lo intenté durante horas, pero ninguna de las palabras servía. Después me quedé dormido y me desperté en Dumfries justamente a tiempo para apearme y subir al lento tren de Galloway. En el andén había un hombre cuyo aspecto no me gustó, pero ni siquiera me dirigió una mirada, y cuando me vi en el espejo de una máquina automática no me extrañó. Con mi cara morena, mi viejo traje de tweed y mi andar desgarbado era la viva imagen de uno de los granjeros que abarrotaban los vagones de tercera clase.

Viajé con media docena de ellos en una atmósfera de tabaco y pipas de arcilla. Venían del mercado semanal y su conversación estaba llena de precios. Oí relatos sobre cómo el ganado había subido por el Cairn y el Deuch, y por otra docena de ríos misteriosos. Más de la mitad de los hombres habían almorzado abundantemente y estaban saturados de whisky, pero no se fijaron en mí. Nos internamos lentamente en una zona de valles con poca vegetación, y después en un enorme páramo con algunas lagunas y altas colinas hacia el norte.

Hacia las cinco el vagón se había vaciado, y me quedé solo tal como esperaba. Me apeé en la siguiente estación, un lugar pequeño en cuyo nombre apenas reparé, enclavado en pleno corazón de un pantano. Me recordó a una de esas pequeñas estaciones olvidadas del Karroo. Un anciano jefe de estación cavaba en su jardín, y con la azada al hombro se encaramó al tren, se hizo cargo de un paquete y volvió a sus patatas. Un niño de diez años recogió mi billete, y yo salí a un camino blanco que zigzagueaba a través del páramo.

Era una maravillosa tarde primaveral, y las colinas se veían tan claramente como una amatista tallada. El aire portaba el característico olor de las marismas, pero era tan fresco como en pleno océano y causó el más extraño de los efectos sobre mi estado de ánimo. Me sentí alegre y despreocupado. Podría haber sido un joven excursionista, en vez de un hombre de treinta y siete años perseguido por la policía. Me sentí como cuando iniciaba una larga jornada a través de la estepa. Aunque les parezca increíble, eché a andar por aquel camino silbando una melodía. No tenía ningún plan de campaña; sólo seguir adelante por esta aromática y montañosa región, ya que cada kilómetro me ponía de mejor humor.

Me detuve un momento para coger un palo de avellano que había a un lado del camino, y después giré por un sendero que seguía el valle de un turbulento riachuelo. Supuse que aún llevaba mucha delantera a mis perseguidores, por lo que aquella noche podría hacer lo que se me antojara. Hacía muchas noches que no probaba bocado, y estaba hambriento cuando llegué a una granja ubicada junto a una cascada. Una mujer de tez curtida estaba junto a la puerta, y me saludó con la afable timidez de los páramos. Cuando le pedí alojamiento para la noche, me dijo que podía utilizar «la cama de la buhardilla» y no tardó en poner sobre mí una sabrosa cena de huevos con jamón, panecillos y una jarra de espesa leche.

Al oscurecer regresó de las colinas su marido, un enjuto gigante que con un paso cubría tanto terreno como tres pasos de los mortales comunes. No me hicieron preguntas, como es costumbre entre los habitantes de los páramos, pero vi que me tomaban por una especie de comerciante y me esforcé en confirmar su suposición. Hablé mucho de ganado, asunto del que mi anfitrión sabía muy poco, y recibí toda clase de explicaciones sobre los mercados locales de Galloway, las cuales almacené en mi memoria para utilizarlas en el futuro. A las diez empecé a cabecear en mi silla, y «la cama de la buhardilla» acogió a un hombre cansado que no abrió los ojos hasta que, a las cinco de la madrugada, se reanudó la actividad en la pequeña granja.

Rehusaron cualquier pago, y a las seis había desayunado y me dirigía nuevamente hacia el sur. Mi intención era regresar a la línea férrea, tomar el tren una o dos estaciones más lejos de donde me había apeado el día anterior, y volver atrás. Consideré que esto sería lo más seguro, pues la policía supondría que continuaba alejándome de Londres en dirección a algún puerto de la costa oeste. Deduje que aún les llevaba bastante delantera, pues tardarían varias horas en culparme del asesinato y algunas más en identificar al hombre que abordó el tren en Saint Paneras.

El tiempo se mantenía soleado y cálido, y yo no podía sentirme inquieto.

No me había sentido tan animado desde hacía meses. Al poco rato tomé el camino principal que bordeaba la falda de una colina y que el granjero había llamado Cairnsmore of Fleet. Los chorlitos y frailecillos gorjeaban por todas partes, y las franjas de verde pasto existentes junto a los riachuelos estaban salpicadas de carneros jóvenes. Toda la languidez de los últimos meses desapareció de mis huesos, y alargué el paso como un niño de cuatro años. Al fin llegué a un terreno yermo que descendía hasta el valle de un arroyo, y desde allí vi el humo de un tren entre los brezales.

La estación resultó ser ideal para mis propósitos, los arbustos se levantaban a su alrededor y sólo dejaban espacio para la única vía, una sala de espera, una oficina, la casita del jefe de estación y un minúsculo jardín de grosellas silvestres y claveles. No se veía ningún camino que condujera a ella y, para aumentar la desolación, las olas de un pequeño lago bañaban su playa de granito gris a un kilómetro de distancia. Esperé entre los brezales hasta ver en el horizonte la humareda de un tren que iba hacia el este. Entonces me acerqué a la minúscula oficina y tomé un billete para Dumfries.

Los únicos ocupantes del vagón eran un viejo pastor y su perro, un animal de ojos fieros que me hizo desconfiar. El hombre estaba dormido, y junto a él vi el Scotsman de aquella mañana. Lo cogí ansiosamente, pues me imaginé que habría alguna noticia de interés para mí.

Había dos columnas sobre el «asesinato de Portland Place», como lo llamaban. Paddock había dado la alarma y hecho arrestar al lechero. El pobre diablo parecía haberse ganado su corona; pero para mí el precio había resultado barato, pues había mantenido a la policía ocupada durante la mayor parte del día. En las últimas noticias encontré otra nota acerca del suceso. El lechero había sido puesto en libertad, y el verdadero criminal, cuya identidad permanecía en secreto, parecía haber huido de Londres por una de las líneas del norte. Había unas palabras sobre mí como el propietario del piso. Deduje que esto era obra de la policía, una torpe estratagema para convencerme de que no era sospechoso.

En el periódico no había nada más, nada sobre la política extranjera o sobre Karolides, o acerca de las cosas que habían interesado a Scudder. Lo dejé, y vi que estábamos acercándonos a la estación en la que me había apeado el día anterior. El jefe de estación había tenido que abandonar su huerto de patatas, pues el tren con dirección oeste estaba esperando para dejarnos pasar, y de él habían descendido tres hombres que le hacían preguntas. Supuse que constituían la policía local, aguijoneada por Scotland Yard, y que me habían rastreado hasta ese insignificante apeadero. Les observé con atención desde mi asiento. Uno de ellos tenía una libreta y tomaba notas. El anciano recolector de patatas parecía haberse vuelto irritable, pero el niño que recogió mi billete hablaba con locuacidad. Todos ellos miraban en dirección al lugar donde arrancaba el camino blanco. Confié en que fueran a seguir mis huellas hasta allí.

Cuando reanudamos la marcha mi compañero se despertó. Me miró con ojos brillantes, dio una brutal patada a su perro e inquirió dónde nos hallábamos. Indudablemente, estaba muy borracho.

—Esto es lo que consigues siendo abstemio —comentó con amargo pesar.

Le expresé mi sorpresa, porque me había parecido un hombre muy fuerte.

—Sí, un abstemio fuerte —dijo belicosamente—. Hice la promesa el día de San Martín, y no he probado una gota de whisky desde entonces. Ni siquiera en Hogmanay, aunque bien tentado estuve.

Apoyó los pies en el asiento, y hundió la sucia cabeza en los cojines.

—Y esto es lo que consigo —gimió—. Una cabeza más caliente que el fuego del infierno, y un cuerpo que no me vale para nada.

—¿Cuál ha sido la causa? —pregunté.

—Una cosa que llaman coñac. Como soy abstemio, no puedo probar el whisky, pero he echado un trago de coñac y me huelo que voy a estar mal una semana. —Su voz se convirtió en un débil tartamudeo, y volvió a sumirse en un profundo sueño.

Mi plan era apearme en alguna estación del trayecto, pero el tren me dio una oportunidad mejor, pues se detuvo repentinamente al final de un puente tendido sobre un caudaloso río. Miré al exterior y vi que todas las ventanillas estaban cerradas y no había ningún ser humano por los alrededores. Por tanto, abrí la puerta y salté rápidamente a un laberinto de brezales que bordeaba los raíles.

Todo habría ido muy bien a no ser por aquel perro infernal. Convencido de que me largaba con las pertenencias de su amo, empezó a ladrar, y afortunadamente sólo me mordió los pantalones. Esto despertó al pastor, que acudió gritando a la puerta del vagón en la creencia de que me había suicidado. Me arrastré entre los arbustos, llegué a la orilla del río y, oculto por los brezales conseguí alejarme unos cien metros. Después miré hacia atrás, y vi que el revisor y varios pasajeros se habían reunido junto a la puerta abierta del vagón y miraban en mi dirección. No habría podido hacer una salida más aparatosa si me hubiera marchado con corneta y banda de música.

Por fortuna, el pastor borracho proporcionó una inesperada diversión. Él y su perro, que llevaba atado a la cintura con una cuerda, cayeron repetidamente del vagón, dieron con la cabeza sobre la vía y rodaron unos metros por la orilla hacia el agua. En el rescate subsiguiente el perro mordió a alguien, pues oí una imprecación. Se habían olvidado de mí, y cuando tras arrastrarme unos quinientos metros me atreví a mirar, el tren había vuelto a ponerse en marcha y se alejaba lentamente.

Me encontraba en un amplio semicírculo de terreno yermo, con el río como radio y las altas colinas formando la circunferencia en la zona norte. No había signos ni ruidos de ningún ser humano, sólo el susurro del agua y el continuo canto de los chorlitos. Sin embargo, aunque parezca extraño, sentí por vez primera el terror de los perseguidos. No pensé en la policía, sino en los otros, en los que sabían que yo conocía el secreto de Scudder y no osaban dejarme vivir. Estaba seguro de que me perseguirían con una agudeza y dedicación desconocidas para la ley británica, y que una vez me localizaran no tendrían misericordia.

Miré hacia atrás, pero no había nada en el paisaje. El sol arrancaba destellos al metal de la vía y a las piedras húmedas del río, y el panorama era de lo más apacible. No obstante, eché a correr. Ocultándome en el cauce de los arroyuelos, corrí hasta que el sudor me nubló la vista. Mi estado de ánimo no varió hasta que hube llegado al borde de una montaña y me tumbé jadeando sobre una loma desde la que se dominaban las agitadas aguas del río.

Desde mi atalaya pude otear toda la zona hasta la línea férrea y el sur de ella, donde verdes campos ocupaban el lugar de los brezos. Tengo ojos como los de un halcón, pero no vi ni un solo movimiento en toda la campiña. Después miré hacia el este, al otro lado de la loma, y vi otra clase de paisaje: pequeños valles verdes con multitud de pinos y las borrosas líneas de polvo que hablaban de carreteras. Por último, miré al cielo azul de mayo y allí vi lo que me hizo estremecer de pies a cabeza…

Empequeñecido por la distancia, un aeroplano se elevaba hacia el cielo. Estuve tan seguro como si me lo hubieran dicho de que el avión me estaba buscando, y que no pertenecía a la policía. Durante una o dos horas lo contemplé desde una oquedad llena de espinos.

Voló a poca altura sobre la cima de las colinas, y después en pequeños círculos sobre el valle por el que yo había subido. Por último, el piloto pareció cambiar de opinión, se elevó a gran altura y volvió a dirigirse hacia el sur.

No me gustó este espionaje desde el aire, y empecé a pensar de otro modo respecto al lugar que había escogido como refugio. Estas colinas de brezos no me ocultarían si mis enemigos estaban en el cielo, y tenía que encontrar otro escondite. Miré con más satisfacción la zona arbolada del otro lado de la loma, pues allí encontraría bosques y casas de piedra.

Hacia las seis de la tarde salí de un páramo y llegué a la blanca cinta de una carretera que seguía el angosto valle de un riachuelo. A medida que avanzaba por ella, los campos dieron paso a los páramos, la hoya se convirtió en una altiplanicie, y poco después me encontré en una especie de paso donde una solitaria casa humeaba en el atardecer. El camino desembocaba en un puente, y apoyado en el parapeto había un hombre joven.

Fumaba en una larga pipa de arcilla y contemplaba el agua a través de sus gafas. En la mano izquierda tenía un pequeño libro con un dedo marcando el lugar. Repitió lentamente:

«Como cuando un grifo a través de los yermos

Con pasos alados, sobre colinas y valles

Persigue a los arimaspos.»

Volvió la cabeza con un sobresalto cuando mis pasos sonaron en la piedra, y vi un rostro afable y juvenil tostado por el sol.

—Buenas tardes tenga usted —dijo con voz ronca—. Hace un tiempo espléndido para caminar.

El olor a humo y un sabroso asado llegó hasta mí desde la casa.

—¿Puede decirme si esto es una posada? —pregunté.

—A su servicio —repuso cortésmente—. Yo soy el posadero, señor, y espero que se quede a pasar la noche, pues si he de decirle la verdad no he tenido compañía desde hace una semana.

Me encaramé al parapeto del puente y llené la pipa. Empecé a detectar a un aliado.

—Es usted muy joven para ser posadero —dije.

—Mi padre murió hace un año y me dejó el negocio. Vivo aquí con mi abuela. Es un trabajo muy aburrido para un hombre joven; yo había escogido otra profesión.

—¿Cuál?

Se sonrojó.

—Quiero escribir libros —dijo.

—¿Qué mejor oportunidad podría pedir? —exclamé—. Siempre he pensado que un posadero sería el mejor narrador de cuentos del mundo.

—Ahora no —se apresuró a contestar—. Quizá antiguamente, cuando había peregrinos, trovadores, bandoleros y diligencias por los caminos. Pero ahora no. Aquí no vienen más que coches llenos de mujeres gordas, que se detienen a almorzar, y uno o dos pescadores en primavera, y los cazadores en agosto. Eso no me proporciona demasiado material. Quiero ver la vida, viajar por el mundo y escribir cosas como Kipling y Conrad. Pero lo máximo que he hecho hasta ahora es publicar unos versos en el Chamber's Journal.

A continuación miré hacia la posada, que destacaba contra las pardas colinas en la luz dorada del atardecer.

—Yo he vagado bastante por el mundo, y no despreciaría esta vida retirada. ¿Cree que la aventura sólo se encuentra en los trópicos o entre los hombres con camisas rojas? Quizá esté en contacto con ella en este momento.

—Eso es lo que dice Kipling —contestó, con los ojos brillantes, y citó un verso sobre «lo inesperado de las aventuras».

—Yo mismo puedo contarle una —exclamé—, y dentro de un mes podrá escribir una novela sobre ella.

Sentado en el puente en aquel suave crepúsculo de mayo, le expliqué una hermosa historia. Era cierta en lo esencial, aunque alteré los detalles secundarios. Le dije que era un magnate minero de Kimberley, que había tenido muchos problemas con la compra ilícita de diamantes y había descubierto a una banda. Me habían perseguido a través del océano, habían asesinado a mi mejor amigo y ahora estaban sobre mi pista.

Aderecé el relato con toda clase de pormenores. Le narré mi huida por el Kalahari hasta el África alemana, los días secos y calurosos, las noches maravillosamente oscuras. Le describí un atentado contra mi vida durante el viaje a casa, y le hice una narración verdaderamente espantosa del crimen de Portland Place.

—¿No buscaba aventuras? —pregunté—. Pues bien, ya ha encontrado una. Los demonios andan detrás de mí, y la policía anda tras ellos. Es una carrera que estoy empeñado en ganar.

—¡Santo Dios! —murmuró, inspirando profundamente—. Es como una novela de Conan Doyle.

—Usted me cree —dije con muestras de agradecimiento.

—Claro que sí —repuso, alargando la mano—. Creo todo lo que sale de lo corriente. Sólo desconfío de lo normal.

Era muy joven, justamente lo que me convenía.

—Me parece que por el momento he logrado despistarles, pero tengo que esconderme un par de días. ¿Puede ayudarme?

Me agarró por un codo con vehemencia y me condujo hacia la casa.

—Aquí estará seguro. Yo me ocuparé de que nadie chismorree. Y usted me contará todas sus aventuras, ¿verdad?

Al entrar en el porche de la posada oí el lejano rugido de un motor.

Recortado sobre el horizonte estaba mi amigo el avión.

Me dio una habitación en la parte trasera de la casa, con una hermosa vista sobre la altiplanicie, y puso a mi disposición su propio estudio, que estaba repleto de ediciones baratas de sus autores favoritos. No vi a la abuela, de modo que supuse que guardaba cama. Una anciana llamada Margit me llevaba las comidas, y el posadero rondaba a mi alrededor a todas horas. Yo quería tener tiempo para mí, así que me inventé un trabajo para él. Tenía un ciclomotor, y a la mañana siguiente le envié a buscar el periódico, que solía llegar con el correo a última hora de la tarde. Le dije que abriera bien los ojos y tomara nota de cualquier persona extraña que viera, poniendo especial atención en los coches y aviones. Después me dediqué a estudiar la agenda de Scudder.

Volvió a mediodía con el Scotsman. No había nada en él, excepto nuevas declaraciones de Paddock y el lechero, y la confirmación de que el asesino había huido hacia el norte. Pero había un largo artículo, publicado por The Times, sobre Karolides y la situación en los Balcanes, aunque no se mencionaba ninguna visita a Inglaterra. Me libré del posadero durante el resto de la tarde, pues estaba muy ansioso por descifrar la clave.

Como he dicho, se trataba de una clave numérica, y gracias a un complicado sistema de experimentos había descubierto cuáles eran los números nulos y los puntos. El obstáculo lo constituía la palabra clave, y cuando pensé en los millones de palabras que Scudder podía haber utilizado se me cayó el alma a los pies. Pero hacia las tres tuve una súbita inspiración.

El nombre de Julia Czechenyi me vino a la memoria. Scudder había dicho que era la clave del asunto, y se me ocurrió utilizarlo para descifrar la clave.

Dio resultado. Las cinco letras de «Julia» me dieron la posición de las vocales. La A era la J, la décima letra del alfabeto, y estaba representada por X en la clave. La E era la U, o sea XXII, y así sucesivamente. «Czechenyi» me dio los números de las consonantes principales. Garabateé este esquema en un trozo de papel y me dispuse a leer las páginas de Scudder.

Al cabo de media hora estaba leyendo con la cara lívida y los dedos tamborileando encima de la mesa.

Miré por la ventana y vi un gran automóvil de turismo que se dirigía hacia la posada. Se detuvo frente a la puerta, y oí el ruido de unas personas que se apeaban. Parecían ser dos hombres, vestidos con sendos impermeables y gorras de tweed.

Diez minutos después, el posadero se introdujo en el cuarto con los ojos brillantes de excitación.

—Abajo hay dos tipos que le están buscando —susurró—. Están en el comedor, tomando un whisky con soda. Me han preguntado por usted y han dicho que esperaban encontrarle aquí. ¡Ah! y le han descrito muy bien, de las botas a la camisa. Les he dicho que estuvo aquí anoche y que se ha ido esta mañana en un ciclomotor, y uno de ellos ha maldecido como un carretero.

Le pedí que me los describiera. Uno de ellos era un hombre delgado y de ojos oscuros con cejas muy pobladas, mientras que el otro siempre sonreía y ceceaba al hablar. Ninguno de los dos era extranjero; mi joven amigo estaba seguro de eso.

Cogí un pedazo de papel y escribí estas palabras en alemán, como si formaran parte de una carta:

… Piedra Negra. Scudder lo había descubierto, pero no podía hacer nada hasta quince días después. Dudo que yo pueda lograr algo, especialmente ahora que Karolides no está seguro de sus planes. Pero si el señor T. lo ordena, haré todo lo que…

Lo hice muy bien, de modo que pareciese una página suelta de una carta particular.

—Lleve esto abajo y diga que lo ha encontrado en mi habitación, y pídales que me lo devuelvan si me alcanzan.

Tres minutos después oí que el coche se ponía en marcha, y escudriñando por detrás de la cortina vislumbré a las dos figuras. Uno era delgado, el otro era elegante; esto fue todo lo que pude distinguir.

El posadero apareció dando muestras de una gran excitación.

—El papel les ha despabilado —dijo alegremente—. El moreno se ha puesto tan blanco como un muerto y ha empezado a maldecir, y el gordo ha silbado y ha torcido el gesto. Han pagado las bebidas con medio soberano y ni siquiera han esperado que les diera el cambio.

—Ahora le diré lo que quiero que haga —declaré—. Monte en su ciclomotor y vaya a hablar con el jefe de policía de Newton Stewart. Describa a los dos hombres, y diga que le han parecido sospechosos de estar relacionados con el asesinato de Londres. Puede inventarse alguna razón. Esos dos volverán, no tema. No esta noche, pues me seguirán cincuenta kilómetros por la carretera, pero estarán aquí mañana por la mañana. Diga a la policía que se presente lo antes posible a primera hora.

Se marchó como un niño obediente, mientras yo seguía estudiando las notas de Scudder. Cuando regresó cenamos juntos, y no tuve más remedio que dejarme interrogar. Le expliqué toda clase de cosas sobre cacerías de leones y la guerra de Matabele, sin dejar de pensar en lo insípido que había sido todo eso en comparación con el asunto que ahora me traía entre manos. Cuando se fue a la cama, me quedé levantado y terminé con la agenda de Scudder. Estuve sentado en una silla hasta el amanecer, fumando, pues no podía dormir.

Hacia las ocho de la mañana presencié la llegada de dos agentes y un sargento. Metieron el coche en el garaje según las instrucciones del posadero, y entraron en la casa. Veinte minutos después, por la ventana de mi habitación, vi que un segundo coche se acercaba por la altiplanicie desde la dirección opuesta. No llegó hasta la posada, sino que se detuvo a doscientos metros bajo el amparo de un bosquecillo. Observé que sus ocupantes le daban cuidadosamente la vuelta antes de dejarlo. Uno o dos minutos después oí sus pasos sobre la gravilla de debajo de la ventana.

Mi plan era quedarme escondido en mi habitación y ver qué ocurría. Tenía la impresión de que, si podía reunir a la policía y a mis otros perseguidores más temibles, sucedería algo ventajoso para mí. Pero ahora se me ocurrió una idea mejor. Garabateé una nota de agradecimiento al posadero, abrí la ventana y me dejé caer sobre un matorral de grosellas silvestres. Salté el muro de piedra sin ser observado, me arrastré a lo largo de otro y alcancé la carretera por el otro lado del bosquecillo.

Allí estaba el coche, hermoso y flamante bajo el sol matinal, pero con el polvo que hablaba de un largo viaje. Lo puse en marcha, salté al asiento del conductor y salí lentamente a la altiplanicie.

La carretera descendía casi en seguida, de modo que perdí la posada de vista, pero el viento pareció traerme el sonido de voces airadas.

4. La aventura del candidato radical

Pueden imaginarme conduciendo aquel coche de cuarenta caballos a toda velocidad por las accidentadas carreteras de los páramos en aquella espléndida mañana de mayo; primero lancé una ojeada hacia atrás por encima del hombro, y miré ansiosamente la próxima curva; después conduje con los ojos entrecerrados, aunque lo bastante despierto para mantenerme en la carretera. Estaba pensando desesperadamente en lo que la agenda de Scudder me había revelado.

El hombrecillo me había contado un montón de mentiras. Todas esas historias sobre los Balcanes, los anarquistas judíos y la conferencia del Ministerio de Asuntos Exteriores eran disparates, igual que lo referente a Karolides. Sin embargo, no del todo, como verán. Yo me había arriesgado mucho por creer en su historia, y había sido engañado; ahora su agenda me explicaba un cuento diferente, y en vez de reaccionar con desconfianza lo creía del principio al fin.

Ni yo mismo sé por qué. Parecía desesperadamente cierto, y el primer cuento, si ustedes me comprenden, también había sido cierto en su espíritu.

El día quince de junio sería un día muy importante, tanto que no culpaba a Scudder por mantenerme fuera del juego y querer llevarlo a cabo él solo. Ésta, sin ninguna duda, había sido su intención. Me explicó algo que parecía bastante importante, pero la realidad lo era tantísimo que él, el hombre que la había descubierto, la quería toda para sí. Yo no le culpaba. Al fin y al cabo, lo único que había codiciado eran riesgos.

La historia completa se hallaba en las notas; con lagunas, naturalmente, que él habría llenado de memoria. También nombraba a sus superiores, y utilizaba el extraño truco de darles un valor numérico. Los cuatro nombres que había escrito eran de autoridades, y había un nombre, Ducrosne, que tenía un cinco sobre un posible cinco; y otro tipo Ammersfoort, que tenía un tres. Los puntos clave de la historia era lo único que había en la agenda; esto, y una frase incomprensible que aparecía media docena de veces entre paréntesis. «Treinta y nueve escalones», era la frase, y la última vez decía: «Treinta y nueve escalones, los conté; marea alta 10.17 p.m.» Esto no me dijo nada.

Lo primero que descubrí fue que no se trataba de impedir una guerra. Esta llegaría, tan puntualmente como Navidad; Scudder decía que había sido planeada en febrero de 1912. Karolides sería la ocasión. Realmente vendría a Inglaterra el catorce de junio, dos semanas y cuatro días después de aquella mañana de mayo. Por las notas de Scudder deduje que nada en el mundo podría impedirlo. Sus declaraciones sobre los guardias epirotas que despellejarían a su propia abuela eran falsas.

Lo segundo fue que esta guerra constituiría una enorme sorpresa para Gran Bretaña. La muerte de Karolides enemistaría a los países de los Balcanes, y entonces Viena contribuiría con un ultimátum. A Rusia no le gustaría, y habría palabras fuertes. Pero Berlín jugaría el papel de pacificador y calmaría los ánimos, hasta que súbitamente encontraría un motivo para un enfrentamiento, lo recogería y, al cabo de cinco horas, se lanzaría sobre nosotros. Ésta era la idea, y debo reconocer que no estaba mal. Palabras melosas y apaciguadoras; y después una puñalada por la espalda. Mientras hablábamos de la buena voluntad y las buenas intenciones de Alemania, nuestras costas serían minadas, y los submarinos estarían esperando a los buques de guerra.

Pero todo esto dependía de un tercer hecho, que se produciría el quince de junio. Jamás lo habría comprendido si en cierta ocasión no hubiera conocido casualmente a un oficial del Estado Mayor francés que regresaba del África occidental y me explicó muchas cosas. Una de ellas fue que, a pesar de todas las tonterías dichas en el Parlamento, existía una alianza entre Francia y Gran Bretaña, y que los dos Estados Mayores se reunían de vez en cuando y hacían planes para una acción conjunta en caso de guerra. Pues bien, en junio vendría un gran personaje de París y recibiría nada menos que un informe sobre la Fuerzas Armadas británicas. Al menos deduje que era algo así; de cualquier modo, se trataba de algo muy importante.

Pero el día quince de junio habría otras personas en Londres, personas cuya identidad yo sólo podía sospechar. Scudder se contentaba con llamarlas colectivamente la «Piedra Negra». No representaban a nuestros aliados, sino a nuestros mortales enemigos y la información destinada a Francia iría a parar a sus bolsillos. Y se utilizaría, no lo olviden, una o dos semanas después, con grandes cañones y veloces torpedos, imprevisiblemente, en la oscuridad de una noche veraniega.

Ésta era la historia que yo había descifrado en la habitación trasera de una posada campestre, junto a un huerto de coles. Ésta era la historia que bullía en mi cerebro mientras viajaba en el gran automóvil de un valle a otro.

Mi primer impulso fue escribir una carta al primer ministro, pero una pequeña reflexión me convenció de que sería inútil. ¿Quién me creería? Tenía que presentar una prueba, alguna evidencia, y sólo Dios sabía cuál podía ser. Por encima de todo, debía protegerme a mí mismo, a fin de poder actuar cuando la situación madurase, y no sería nada fácil con la policía de las Islas Británicas tras de mí y los componentes de la «Piedra Negra» pisándome los talones.

No me había trazado ningún plan de viaje, pero seguí hacia el este guiándome por el sol, pues recordé que el mapa indicaba una región de minas de carbón y ciudades industriales al norte de donde me encontraba. Dejé atrás los páramos y atravesé un extenso prado a la vera de un río. Bordeé el muro de un parque a lo largo de muchos kilómetros, y a través de un claro de bosque divisé un gran castillo. Pasé por antiguos pueblecitos de casas con techumbre de paja, y sobre apacibles riachuelos, y crucé jardines llenos de espinos y laburnos amarillos. El paisaje era tan hermoso que me resultaba difícil creer en la existencia de alguien que quisiera matarme; y, ¡ay!, que al cabo de un mes, a no ser que la suerte me acompañara, estas redondas caras de campesinos estarían inmóviles y lívidas, y los hombres yacerían muertos en los campos ingleses.

Alrededor del mediodía entré en un pueblecito, y se me ocurrió detenerme a comer. En la calle principal estaba la oficina de correos, y en los escalones se hallaban la administradora y un policía enfrascados en la lectura de un telegrama. Cuando me vieron se despabilaron, y el policía avanzó con una mano en alto y me gritó que me detuviera.

Estuve a punto de obedecer. Después se me ocurrió que el telegrama podía tener algo que ver conmigo; que mis amigos de la posada habían llegado a un acuerdo y se habían unido para encontrarme, para lo cual, habían telegrafiado una descripción de mí y del coche a treinta pueblos por los que podía pasar. Solté los frenos justo a tiempo. El policía se lanzó sobre el automóvil y no se soltó hasta que le di un puñetazo en un ojo.

Comprendí que las carreteras no eran lugar para mí, y seguí adelante por los caminos vecinales. No resultaba fácil sin un mapa, pues corría el riesgo de meterme en el camino de una granja y desembocar en un estanque de patos o un establo, y no podía permitirme el lujo de sufrir un retraso. Empecé a darme cuenta de lo tonto que había sido al robar el coche. El gran automóvil verde constituiría una pista imborrable de mi paso a todo lo ancho de Escocia. Si lo abandonaba y continuaba a pie, no tardarían más de una hora o dos horas en descubrirlo y yo no podría disfrutar de ventaja en la carrera.

Lo primero que debía hacer era llegar al más solitario de los caminos. No me costó encontrarlo cuando me topé con un afluente del río mayor, y llegué a un valle con empinadas colinas a todo mi alrededor y a un tortuoso camino que cruzaba un desfiladero al final. Aquí no vi a nadie, pero me estaba llevando demasiado hacia el norte, de modo que giré hacia el este por un sendero muy malo y finalmente hallé una línea férrea de doble vía. Desde allí vi otro ancho valle, y pensé que si lo cruzaba quizá encontraría una remota posada donde pasar la noche. Empezaba a caer la tarde y yo estaba hambriento, pues desde el desayuno no había comido nada aparte de un par de bollos que había comprado por el camino.

En aquel momento oí un ruido en el cielo, y he aquí que veo aquel infernal avión, volando bajo y acercándose rápidamente a mí, unos quince kilómetros al sur.

Tuve el sentido común de recordar que en un páramo desnudo estaba a merced del aeroplano, y que mi única posibilidad era llegar al frondoso refugio del valle. Bajé la colina con la velocidad de un rayo, girando la cabeza, siempre que me atrevía, para observar a aquella maldita máquina voladora. No tardé en alcanzar un camino que discurría entre setos y descendía hacia el profundo valle de un arroyo. Después había un pequeño bosque, donde aminoré la velocidad.

De repente oí el rugido de otro coche a mi izquierda, y vi con horror que estaba llegando a la altura de dos pilares a través de los cuales un sendero particular desembocaba en el camino. Mi bocina exhaló un sonido agonizante, pero era demasiado tarde. Pisé el pedal del freno, pero mi ímpetu resultaba demasiado grande, y un coche se cruzó en mi camino. El desastre se había producido sin remedio.

Hice lo único que podía hacer, y me lancé contra el seto de la derecha, confiando en hallar algo blando al otro lado.

Pero me equivoqué. Mi coche se deslizó a través del seto igual que mantequilla, y después cabeceó hacia adelante. Vi lo que iba a pasar, salté del asiento, y hubiera seguido saltando de no ser por la rama de un espino que me golpeó en el pecho, me levantó y me sostuvo, mientras una o dos toneladas de costoso metal resbalaban por debajo de mí, dando tumbos, y caían unos quince metros hasta el cauce de un riachuelo.

La rama cedió lentamente bajo mi peso. Primero caí encima del seto, y después sobre un emparrado de ortigas. Me estaba levantando cuando una mano me cogió del brazo, y una voz asustada preguntó si estaba herido.

Alcé la mirada y vi a un hombre joven con gafas y un gabán de cuero, que no cesaba de dar gracias a Dios y pedir disculpas. Por mi parte, en cuanto hube recobrado el aliento, no pude menos que alegrarme. Éste era un modo ideal para librarme del coche.

—Ha sido culpa mía, señor —contesté—. Es una suerte que no haya añadido un homicidio a mis locuras. Éste es el fin de mi viaje en coche por Escocia, pero habría podido ser el fin de mi vida.

Extrajo un reloj y lo miró.

—Es usted una buena persona —dijo—. Dispongo de un cuarto de hora, y mi casa está a dos minutos de aquí. Le daré ropa, comida y una cama.

—Por cierto, ¿dónde tiene la maleta? ¿En el río, junto al coche?

—Lo llevo todo en el bolsillo —dije, sacando un cepillo de dientes—. Vengo de las colonias y viajo con poco equipaje.

—¿De las colonias? —exclamó—. Por Dios, usted es el hombre que necesito. ¿Es, por una bendita casualidad, un librecambista?

—Lo soy —repuse, sin tener ni la más remota idea de lo que quería decir.

Me dio una palmada en la espalda y me hizo subir rápidamente a su coche. Tres minutos después nos detuvimos ante un pabellón de caza enclavado entre pinos, y me condujo al interior. Primero me llevó a un dormitorio y me sacó media docena de sus trajes, pues el mío había quedado reducido a jirones. Escogí uno de sarga azul, totalmente distinto de mi atuendo anterior, y una camisa blanca. Después me arrastró al comedor en cuya mesa estaban los restos de una comida, y me anunció que tenía cinco minutos para alimentarme.

—Puede llevarse un bocadillo, y cenaremos a la vuelta. Tengo que estar en la logia masónica a las ocho si no quiero que mi agente me dé un rapapolvo.

Tomé una taza de café y un poco de jamón, mientras él charlaba junto a la chimenea.

—Me encuentra usted en un gran apuro, señor...; por cierto, no me ha dicho su nombre. ¿Twisdon? ¿Pariente del viejo Tommy Twisdon del Sexagésimo? ¿No? Bueno, debe saber que soy candidato liberal por esta parte del mundo, y esta noche tengo un mitin en Brattlenurn; es la ciudad más grande, y una infernal fortaleza conservadora. Había logrado que el ex ministro de las colonias, Crumpleton, viniera a hablar esta noche, y lo anuncié a los cuatro vientos. Esta tarde he recibido un telegrama de ese rufián diciendo que había contraído la gripe en Blackpool, y me he quedado solo frente al peligro. Pensaba hablar diez minutos y ahora tendré que hacerlo cuarenta, aunque llevo tres horas estrujándome el cerebro y no se me ocurre nada que decir. Sea bueno y ayúdeme. Es librecambista y puede explicar a nuestra gente lo que significa el proteccionismo en las colonias. Todos ustedes tienen el don de la palabra... ojalá yo lo tuviera. Le estaré eternamente agradecido.

Yo apenas sabía nada del comercio libre, pero no vi ninguna otra oportunidad para conseguir lo que quería. Mi joven caballero estaba demasiado absorto en sus propias dificultades para pensar en lo extraño que era pedirle a un desconocido que había estado al borde de la muerte y perdido un coche de mil guineas que participara en un mitin a los pocos momentos. Sin embargo, mis necesidades no me permitían extrañarme de nada ni escoger a mis aliados.

—De acuerdo —dije—. No soy un gran conferenciante, pero les hablaré un poco de Australia.

Al oír mis palabras, la inquietud se borró de su rostro y me dio calurosamente las gracias. Me prestó un amplio gabán —ni siquiera se le ocurrió preguntarme por qué había iniciado un viaje en coche sin llevar uno— y, mientras nos deslizábamos por los polvorientos caminos, desgranó en mis oídos los simples hechos de su historia. Era huérfano, y su tío le había criado; he olvidado el nombre de su tío, pero estaba en el consejo de ministros y sus discursos aparecían en los periódicos. Había dado la vuelta al mundo después de dejar Cambridge, y después, al encontrarse en la necesidad de hacer algo, su tío le había recomendado la política. Deduje que no tenía preferencias por ningún partido. «Hay buenas personas en los dos —dijo alegremente—, y también muchos oportunistas. Yo soy liberal porque mi familia siempre lo ha sido.» Pero si era tibio políticamente, tenía firmes opiniones en otras cosas. Descubrió que yo entendía un poco de caballos, y charló por los codos sobre los concursantes en el Derby; y tenía muchos planes para mejorar su puntería. En conjunto, un joven muy honesto, respetable e inexperto.

Cuando atravesábamos una pequeña ciudad, dos agentes de policía nos hicieron parar y enfocaron sus linternas sobre nosotros.

—Lo siento, sir Harry —dijo uno—. Tenemos instrucciones de buscar un coche, y por la descripción se parece al suyo.

—No se preocupe —repuso mi anfitrión, mientras yo daba las gracias a la providencia por los tortuosos caminos que me habían llevado a la seguridad. A partir de entonces no volvimos a hablar, pues su mente estuvo muy ocupada ensayando su próximo discurso. Sus labios murmuraban, tenía una mirada ausente, y yo empecé a prepararme para una segunda catástrofe. Yo también intenté pensar en algo que decir, pero tenía la mente en blanco. No me di cuenta de nada hasta que nos detuvimos frente a una puerta de una calle, y fuimos recibidos por varios caballeros con escarapelas.

En la sala había unas quinientas personas, en su mayoría mujeres, gran cantidad de calvos y una o dos docenas de hombres jóvenes. El presidente, un clérigo de nariz rojiza, lamentó la ausencia de Crumpleton, monologó sobre su gripe y me presentó como un «gran líder del pensamiento australiano». Había dos policías junto a la puerta, y esperé que tomaran nota de ese testimonio. Después sir Harry comenzó.

Yo nunca había oído nada parecido. No tenía ni idea de hablar en público. Llevaba un montón de notas, que leyó, y cuando las terminó empezó a tartamudear. De vez en cuando recordaba una frase que había aprendido de memoria, se enderezaba y la pronunciaba como Henry Irving, y un momento después se encorvaba y consultaba sus papeles. Además, dijo toda clase de tonterías. Habló de la «amenaza alemana», y declaró que era una invención de los conservadores para desposeer a los pobres de sus derechos y contener el flujo de reformas sociales, pero esta «clase obrera organizada» se daba cuenta de ello y despreciaba a los conservadores. Manifestó que nuestra Marina era una prueba de nuestra buena fe, y envió un ultimátum a Alemania aconsejándole que hiciera lo mismo si no quería que la redujéramos a pedazos. Dijo que, a no ser por los conservadores, Alemania y Gran Bretaña serían estrechos colaboradores para alcanzar la paz y las reformas. Pensé en la pequeña agenda negra que llevaba en el bolsillo. ¡Como si a los amigos de Scudder les importaran la paz y las reformas!

Sin embargo, el discurso me gustó. Se veía la honradez del hombre tras los disparates que le habían inculcado. Además me quitó un peso de encima. Por muy mal orador que fuese, era mucho mejor que sir Harry.

No me desenvolví tan mal cuando me llegó el turno. Les dije todo lo que recordaba de Australia, rogando para que allí no hubiera ningún australiano; todo sobre su partido laborista, la emigración y el servicio universal. Dudo que me acordara de mencionar el comercio libre, pero dije que en Australia no había conservadores, sólo laboristas y liberales. Esto provocó una salva de aplausos, y les despabilé un poco cuando les hablé de la gloria que el Imperio podría alcanzar si respaldábamos a las colonias.

En conjunto, creo que tuve bastante éxito. El clérigo no me gustó, y cuando propuso un voto de agradecimiento, habló del discurso de sir Harry como «propio de un estadista» y del mío como muestra de «la elocuencia de un agente de emigración».

Cuando estuvimos de nuevo en el coche, mi anfitrión dio rienda suelta a su alegría por haber pasado el mal trago.

—Un excelente discurso, Twisdon —dijo—. Ahora vendrá a casa conmigo. Vivo solo, y si se queda uno o dos días iremos juntos a pescar.

Tomamos una cena caliente —a mí me supo a gloria— y después bebimos grog en un acogedor salón de fumar con un chisporroteante fuego. Consideré que había llegado el momento de poner las cartas sobre la mesa. Vi que aquél era un hombre en el que se podía confiar.

—Escuche, sir Harry —dije—, tengo algo muy importante que revelarle: Usted es una buena persona, y voy a serle franco. ¿Se puede saber de dónde ha sacado todas las tonterías que ha dicho esta noche?

Su rostro se nubló.

—¿Tan mal he estado? —preguntó tristemente—. Ya me parecía bastante pobre. Lo saqué del Progessive Magazine y unos folletos que me envía mi agente. No creerá que Alemania llegue a declararnos la guerra, ¿verdad?

—Haga esta pregunta dentro de seis semanas y no necesitará contestación —repuse—. Si dispone de media hora, le contaré una historia.

Aún puedo ver aquella habitación con las cabezas de ciervo y los grabados antiguos en las paredes, a sir Harry apoyado en la repisa de la chimenea, y a mí mismo sentado en una butaca, hablando. Perecía ser otra persona, oyendo mi propia voz y evaluando cuidadosamente la fiabilidad de mi relato. Era la primera vez que decía toda la verdad a alguien, y no me perjudicó hacerlo, pues me ayudó a poner mis ideas en orden. No omití ni un solo detalle. Le hablé de Scudder y del lechero, de la agenda, y de mis andanzas por Galloway. Sir Harry se excitó mucho y empezó a andar de un lado a otro de la estancia.

—Ahora ya lo sabe —concluí—, tiene en su casa al principal sospechoso del asesinato de Portland Place. Su deber es llamar a la policía y entregarme. No creo que pueda ir muy lejos. Habrá un accidente, y tendré un cuchillo en las costillas una o dos horas después del arresto. Sin embargo, es su deber como ciudadano cumplidor de la ley. Quizá se arrepienta dentro de un mes, pero no tiene motivos para pensar así.

Me miró con ojos brillantes y escrutadores.

—¿A qué se dedicaba usted en Rodesia, señor Hannay? —preguntó.

—Trabajaba como ingeniero de minas —dije—; he hecho mi fortuna honradamente, y he disfrutado haciéndola.

—No es una profesión que altere los nervios, ¿verdad?

Me eché a reír.

—Bueno, tengo los nervios muy templados —descolgué un cuchillo de caza de la pared, y realicé el viejo truco de lanzarlo al aire y cogerlo con los labios. Esto requiere mucha serenidad.

Él me observó con una sonrisa.

—No quiero pruebas. Quizá sea un tonto encima de un estrado, pero sé juzgar a los hombres. Usted no es un asesino, y creo que ha dicho la verdad. Voy a respaldarle. ¿Qué quiere que haga?

—En primer lugar, quiero que escriba una carta a su tío. Tengo que ponerme en contacto con alguien del Gobierno antes del quince de junio.

Él se retorció el bigote.

—Eso no le servirá de nada. Es competencia del Ministerio de Asuntos Exteriores, y mi tío no podría ayudarle. Además, no lograría convencerle. No, tengo una idea mejor. Escribiré al secretario permanente del Ministerio de Asuntos Exteriores. Es mi padrino, y un hombre influyente. ¿Qué quiere?

Se sentó a una mesa y escribió lo que le dicté. En esencia, era que un hombre llamado Twisdon (me pareció mejor conservar ese nombre) iría a verle antes del quince de junio y que debía tratarle bien. Dijo que Twisdon demostraría su bona fides con las palabras «Piedra Negra» y silbando Annie Laurie.

—Muy bien —dijo sir Harry—. Esto ya está hecho. Por cierto, encontrará a mi padrino, se llama sir Walter Bullivant, en su casa de campo de Whitsuntide. Está cerca de Artinswell, junto al Kennet. Y ahora, ¿qué otra cosa quiere?

—Somos de la misma estatura. Présteme el traje de tweed más viejo que tenga. Cualquiera me servirá, mientras sea de un color totalmente distinto al de las ropas que he destruido esta tarde. Después enséñeme un mapa de los alrededores y explíqueme cómo puedo llegar a algún escondite seguro. Si esos tipos se presentan, dígales que tomé el expreso del sur después del mitin.

Hizo, o prometió hacer, todas estas cosas. Me afeité los restos del bigote y me puse un viejo traje de tweed. El mapa me proporcionó una idea de mi paradero, y me reveló las dos cosas que quería saber: dónde podía abordarse la línea férrea que iba hacia el sur y cuáles eran los distritos más despoblados de las cercanías.

A las dos, sir Harry me despertó de mis cabeceos en la butaca del salón de fumar y me acompañó al exterior. Encontró una vieja bicicleta en un cobertizo de herramientas y me la dio.

—Tome el primer camino a la derecha y siga el bosque de pinos —aconsejó—. Al amanecer se habrá internado bastante en las colinas. Después yo arrojaría la bicicleta a un pantano y seguiría por los páramos a pie. Puede pasar una semana entre los pastores, y estará tan seguro como en Nueva Guinea.

Pedaleé diligentemente por los empinados senderos de grava hasta que el cielo se tiñó de rosa. Cuando la oscuridad dio paso a la luz del sol, me encontré en un extenso mundo verde con valles por todas partes y un lejano horizonte azul. Aquí, en todo caso, avistaría a mis enemigos desde muy lejos.

5. La aventura del picapedrero miope

Me senté en la misma cima del monte y pasé revista a mi posición.

A mis espaldas, el camino ascendía a través de una larga hendidura en las colinas, la cual era el cauce superior de algún río importante. Delante había un espacio llano de unos dos kilómetros, cubierto de agujeros pantanosos y montículos de hierba, y más allá el camino descendía por otro valle hasta una llanura cuya oscuridad azulada se desvanecía en la distancia. A derecha e izquierda había verdes colinas de cumbre redondeada, pero hacia el sur —es decir, a mano izquierda— se divisaban altas montañas de brezos, que identifiqué como el lugar que había escogido para refugiarme en el mapa. Yo estaba en la colina central de una enorme altiplanicie, y veía todo lo que se movía en muchos kilómetros a la redonda. En la pradera situada junto al camino un kilómetro más atrás humeaba la chimenea de una casita, pero éste era el único signo de vida humana. Los únicos sonidos perceptibles eran el canto de los chorlitos y el rumor de pequeños arroyos.

Eran alrededor de las siete, y mientras descansaba oí nuevamente aquel ominoso rugido en el aire. Entonces comprendí que mi posición ventajosa también podía ser una trampa. En aquellas desnudas extensiones verdes no habría podido ocultarse ni un pajarillo.

Me quedé inmóvil y aterrado mientras el rugido aumentaba en intensidad. De pronto vi que un avión se acercaba por el este. Volaba a gran altura, pero de repente descendió sobre las montañas de brezos, como un halcón antes de atacar. Ahora volaba muy bajo, y el observador de a bordo me avistó. Vi que uno de los ocupantes me examinaba con unos prismáticos.

Al cabo de un momento empezó a elevarse en rápidas espirales, y después puso nuevamente rumbo hacia el este hasta convertirse en una mota en el cielo azul.

Esto me impulsó a pensar con rapidez. Mis enemigos me habían localizado, y no tardarían en formar un cordón a mi alrededor. No sabía con qué fuerzas contaban, pero estaba seguro de que serían suficientes. Desde el avión habían visto mi bicicleta, y supondrían que intentaría huir por el camino. En este caso mi salvación podía estar en los páramos de la derecha o la izquierda. Saqué la bicicleta unos cien metros del camino y la arrojé a un agujero pantanoso, donde se hundió entre malezas y ranúnculos. Después subí a una loma desde la que se dominaban los dos valles. No había ni un ser viviente en la larga cinta blanca que los atravesaba.

Ya he dicho que en aquel lugar no habría podido esconderse ni una rata. A medida que avanzaba el día fue inundándose de luz hasta que tuvo la fragante luminosidad de la estepa sudafricana. En otro momento el lugar me habría gustado, pero ahora parecía sofocarme. Los amplios páramos eran los muros de una prisión, y el penetrante aire de las colinas era el aliento de un calabozo.

Lancé una moneda —cara a la derecha, cruz a la izquierda— y salió cara, de modo que me volví hacia el norte. Al poco rato llegué a la cresta de la loma, que era el muro de contención del desfiladero. Vi el camino a lo largo de unos quince kilómetros, y al fondo algo se estaba moviendo, y ese algo me pareció un automóvil. Más allá de la loma se extendía un ondulante páramo verde, que desembocaba en frondosos valles.

Mi vida en la estepa me había proporcionado los ojos de un lince, y veo cosas para las que otros hombres necesitarían telescopio... Al pie de la ladera, a unos tres kilómetros de distancia, varios hombres avanzaban como una hilera de batidores en una cacería...

Me perdí de vista detrás de la línea del horizonte. Aquel camino estaba vedado para mí, y debería intentar las colinas más altas del sur. El coche que había visto se estaba acercando, pero aún se hallaba muy lejos y tenía varias empinadas cuestas por delante. Eché a correr, agazapándome excepto en las depresiones, y mientras corría escudriñaba la cresta de la colina que se alzaba ante mí. ¿Eran imaginaciones mías, o veía realmente figuras —una, dos, quizá más— andando por un valle más allá del riachuelo?

Si estás rodeado por todas partes en un pedazo de tierra sólo hay una escapatoria posible. Debes quedarte en ese pedazo de tierra, y dejar que tus enemigos te busquen y no te encuentren. Esto estaba muy bien, pero ¿cómo demonios iba yo a pasar desapercibido en aquel lugar? Me habría enterrado en barro hasta el cuello o hundido en agua o trepado al árbol más alto, pero no había ni una rama, los agujeros pantanosos eran como charcos, y el riachuelo era un simple goteo. Sólo contaba con los pequeños brezos, los desnudos páramos y el blanco camino.

Después, en un recodo del camino, junto a un montón de piedras, encontré al picapedrero.

Acababa de llegar, y estaba dejando caer su martillo con cansancio. Me miró con los ojos sin brillo y bostezó.

—En mala hora fui a dejar el rebaño —dijo, como hablando consigo mismo—. Allí era mi propio jefe. Ahora soy un esclavo del Gobierno, siempre en el camino, con la espalda hecha polvo.

Levantó el martillo, golpeó una piedra, soltó el instrumento con una maldición y se llevó ambas manos a los oídos.

—¡Piedad! ¡Me estalla la cabeza! —exclamó.

Era todo un personaje, aproximadamente de mi estatura, pero muy encorvado, con una barba de una semana y unas gafas de concha.

—Ya no puedo más —volvió a exclamar—. Que el inspector piense lo que quiera. Yo me voy a la cama.

Le pregunté cuál era el problema, aunque estaba muy claro.

—El problema es que he bebido. Ayer por la noche casé a mi hija Merran, y estuvimos bailando hasta quién sabe qué hora. Yo y otros amigos nos pusimos a beber, y así estoy yo. ¡En mala hora se me ocurrió ir a darle a la botella!

Le di la razón en lo de la cama.

—Es muy fácil de decir —gimió—, pero ayer recibí una postal avisándome de que el nuevo inspector de caminos se dejaría caer por aquí. Vendrá y no me encontrará, o me encontrará trompa, y me las cargaré de todas maneras. Me iré a la cama y diré que no estoy bien, pero ellos verán por qué no estoy bien.

Entonces tuve una inspiración.

—¿Le conoce el nuevo inspector? —pregunté.

—No. Sólo hace una semana que tiene el trabajo. Va por ahí en un coche y vigila las obras.

—¿Dónde está su casa? —pregunté, y señaló con un dedo tembloroso hacia una casita cercana al riachuelo.

»Usted váyase a la cama —dije—, y duerma tranquilamente. Yo ocuparé su puesto y veré al inspector.

Me miró inexpresivamente; después, cuando la idea se abrió paso en su cerebro, su cara se iluminó con la vacua sonrisa de un borracho.

—¡Buen chico! —exclamó—. Va a ser muy fácil. He sacado todas esas piedras de ahí, y ya es bastante. Usted coja la carretilla y vaya amontonándolas. Me llamo Alexander Turnbull y llevo siete años en esto, y veinte con el rebaño antes de coger este trabajo, en Leithen Water. Mis amigos me llaman Ecky, y algunos Cuatro Ojos. Llevo gafas porque no veo bien. Usted sea amable con el inspector, y llámele señor, y ya estará contento. Volveré al mediodía.

Me prestó sus gafas y su sucia gorra; yo me quité la chaqueta, el chaleco y el cuello, y se los di para que se los llevara a su casa; también le pedí su pipa de arcilla. Me indicó mis sencillas tareas, y sin más problemas se marchó hacia la cama tambaleándose. La cama quizá fuese su principal objetivo, pero creo que también le quedaba algo en el fondo de una botella. Rogué para que el señor Turnbull hubiese llegado a su casa cuando mis amigos entraran en escena.

Entonces me dediqué a caracterizarme para el papel. Me abrí el cuello de la camisa —era una vulgar camisa a cuadros blancos y azules como las que llevan los campesinos— y dejé al descubierto un pecho tan moreno como el de cualquier labrador. Me enrollé las mangas, y apareció un antebrazo como el de un herrero, tostado por el sol y lleno de antiguas cicatrices. Me blanqueé las botas y las perneras de los pantalones con el polvo del camino, y estos últimos me los arremangué atándolos con un cordel por debajo de la rodilla. Después me dediqué a ensuciarme la cara. Con un puñado de polvo me hice una marca alrededor del cuello, en el lugar donde debían terminar las abluciones dominicales del señor Turnbull. También me froté las morenas mejillas con gran cantidad de tierra. Los ojos de un picapedrero tenían que estar inflamados, de modo que me metí un poco de tierra en los míos, y a fuerza de una vigorosa fricción conseguí lo que me proponía.

Los bocadillos que sir Harry me había dado acababan de desaparecer con mi chaqueta, pero el almuerzo del picapedrero, envuelto en un pañuelo rojo, estaba a mi disposición. Comí con avidez varias rebanadas de pan con queso y bebí un poco de té frío. Dentro del pañuelo había un periódico local atado con un cordel y dirigido al señor Turnbull, evidentemente destinado a solazar su descanso del mediodía. Volví a hacer el envoltorio, y dejé el periódico bien visible junto a él.

Mis botas no me satisfacían, pero a fuerza de dar patadas entre las piedras las reduje a la superficie granítica que caracteriza el calzado de un picapedrero. Después me mordí y raspé las uñas hasta que los bordes estuvieron resquebrajados y desiguales. Los hombres con quienes debía enfrentarme no pasarían ningún detalle por alto. Rompí uno de los cordones de las botas y volví a atarlo con un torpe nudo, y aflojé el otro para que mis gruesos calcetines sobresalieran por encima de la caña.

Aún no había señales de ningún vehículo en el camino. El coche que yo había visto hacía media hora debía haber regresado a su punto de partida.

Una vez terminado mi arreglo, cogí la carretilla y empecé mis viajes al montón de piedras que había a unos cien metros de distancia.

Recordé a un viejo amigo de Rodesia, que había hecho muchas cosas raras en sus buenas épocas, y una vez me dijo que el secreto de interpretar un papel era identificarse con él. «Jamás lo harás bien —me dijo—, si no logras convencerte de que tú eres realmente el personaje.» Por lo tanto deseché todos mis pensamientos y me concentré en la reparación del camino. Pensé en la casita como en mi hogar, evoqué los años que había pasado con mi rebaño en Leithen Water, y me regocijé con la perspectiva de dormir en una cama de paja y beber una botella de whisky barato. Aún no se veía nada en aquel largo camino blanco.

De vez en cuando una oveja aparecía entre los brezos y me contemplaba. Una garza descendió a un remanso del riachuelo y empezó a pasear, haciéndome tanto caso como si hubiera sido una piedra. Seguí trabajando, arrastrando la carretilla con los cansinos pasos de un profesional. No tardé en sudar, y el polvo de mi cara se convirtió en una capa sólida y duradera. Ya estaba contando las horas que faltaban para que el atardecer pusiera fin al monótono trabajo del señor Turnbull.

De repente oí una voz en el camino y, al levantar los ojos, vi un pequeño Ford de dos plazas y a un hombre joven de cara redonda con un sombrero hongo.

—¿Es usted Alexander Turnbull? —preguntó—. Yo soy el nuevo inspector de caminos. ¿Vive usted en Blackhopefoot, y está a cargo de la sección de Laidlawbyres a los Riggs? ¡Bien! Ha hecho un buen trabajo, Turnbull. Sin embargo, hay que limpiar los bordes un poco mejor. No deje de hacerlo. Buenos días. Volveremos a vernos.

Al parecer mi disfraz había resultado convincente para el temido inspector. Seguí trabajando, y a medida que la mañana avanzaba hacia el mediodía el camino se vio animado por un poco de tráfico. La camioneta de un panadero subió laboriosamente la colina, y le compré una bolsa de galletas de jengibre que metí en los bolsillos de mis pantalones en previsión de alguna emergencia. Después pasó un pastor con su rebaño, y me inquietó un poco al preguntar con estridencia:

—¿Qué ha sido de Cuatro Ojos?

—En la cama con un cólico —repuse, y el pastor siguió adelante.

Hacia el mediodía un coche grande se deslizó colina abajo, pasó junto a mí y se detuvo a unos cien metros. Sus tres ocupantes bajaron como si quisieran estirar las piernas, y se acercaron lentamente.

Dos de ellos eran los que había visto desde la ventana de la posada de Galloway: uno delgado, anguloso y moreno, y el otro sosegado y sonriente. El tercero tenía el aspecto de un aldeano; un veterinario, tal vez, o un pequeño granjero. Llevaba unos pantalones bombachos mal cortados, y tenía unos ojos tan brillantes y recelosos como los de una gallina.

—Buenas —dijo el último—. Tiene un trabajo fácil, ¿eh?

Yo no había levantado la cabeza mientras se acercaban, y ahora, al ser interpelado, enderecé la espalda lenta y fatigosamente, al modo de los picapedreros; escupí con fuerza, al modo escocés vulgar; y les miré fijamente antes de contestar. Me encontré ante tres pares de ojos que no pasaban nada por alto.

—Hay trabajos buenos y trabajos malos —dije sentenciosamente—. No me caería mal tener el suyo, con el trasero encima de almohadones durante todo el día. ¡Ustedes y sus cochinos coches son los que echan a perder mis caminos! Si hubiera algo de justicia, tendrían que arreglar lo que estropean.

El hombre de los ojos brillantes estaba mirando el periódico que yo había dejado junto al hatillo de Turnbull.

—Veo que recibe el periódico a tiempo —dijo.

Yo le eché una mirada con fingida indiferencia.

—Sí, a tiempo. Ése salió el sábado, o sea que llevo seis días de retraso.

El hombre lo recogió, dio un vistazo a la primera plana y volvió a dejarlo en su sitio. Uno de los otros había estado mirándome las botas, y una palabra en alemán desvió hacia ellas la atención del que hablaba.

—Tiene buen gusto en materia de botas, ¿eh? —dijo—. Éstas no han salido de un zapatero de pueblo.

—No —contesté apresuradamente—. Vienen de Londres. Me las dio el caballero que estuvo cazando aquí el año pasado. ¿Cómo demonios se llamaba? —dije, rascándome la cabeza.

El elegante volvió a hablar en alemán.

—Sigamos —dijo—. Este tipo es un infeliz.

Me hicieron una última pregunta.

—¿Has visto pasar a alguien a primera hora de la mañana? Podía ir en bicicleta o podía ir a pie.

Estuve a punto de caer en la trampa y contarles que un ciclista había pasado pedaleando rápidamente al amanecer. Sin embargo, me di cuenta del peligro que eso podía representar para mí. Fingí sumirme en profundas reflexiones.

—No es que me haya levantado muy temprano —dije—. Verán, mi hija se casó ayer por la noche, y estuvimos de jarana hasta tarde. He salido a eso de las siete, y entonces no había nadie en el camino. Desde que estoy aquí sólo han pasado el panadero y el pastor de Ruchill, aparte de ustedes, caballeros.

Uno de ellos me dio un cigarro, que olí cuidadosamente y metí en el hatillo de Turnbull. Luego, subieron al coche y a los tres minutos habían desaparecido.

Lancé un suspiro de alivio, pero seguí transportando piedras. Hice bien, pues el coche volvió a los diez minutos, y uno de los ocupantes me saludó con una mano. Esta gente no dejaba nada al azar.

Terminé el pan y el queso de Turnbull, y pronto hube acabado de acarrear las piedras. El siguiente paso era lo que me preocupaba. No podía seguir siendo picapedrero durante mucho tiempo. La misericordiosa Providencia había mantenido al señor Turnbull en el interior de su casa, pero si reaparecía habría problemas. Suponía que el cerco era aún muy estrecho en torno al valle, y que si andaba en cualquier dirección me toparía con gente que no dejaría de hacerme preguntas.

Permanecí en mi puesto hasta las cinco. A esa hora había decidido ir a casa de Turnbull al atardecer y correr el riesgo de atravesar las colinas en la oscuridad. Pero de repente apareció otro coche por el camino, y aminoró la velocidad a uno o dos metros de mí. Se había levantado un fresco viento, y el ocupante quería encender un cigarrillo.

Era un automóvil de turismo, con el compartimiento posterior lleno de maletas. En él iba un solo hombre, y daba la asombrosa casualidad de que yo le conocía. Se llamaba Marmaduke Jopley, y era una ofensa para la creación. Se le consideraba un parásito de la alta sociedad, que se ganaba la vida adulando a los hijos primogénitos, a los nobles ricos y a las damas ancianas. «Marmie», según pude deducir, era un asiduo de los bailes, semanas de polo y casas de campo. Era un hábil comerciante en escándalos, y se habría arrastrado un kilómetro sobre el viento para alcanzar cualquier cosa que tuviese un título o un millón. Yo llevaba una carta de presentación para su empresa cuando llegué a Londres, y él fue lo suficientemente amable para invitarme a cenar en su club. Allí alardeó a placer, y charló de sus duquesas hasta que su esnobismo me revolvió el estómago. Unos días después le pregunté a un hombre por qué nadie le daba una patada, y me dijo que los ingleses respetaban al sexo débil.

La cuestión era que ahora estaba aquí, pulcramente vestido, con un coche estupendo, de camino a la casa de uno de sus elegantes amigos. Se me ocurrió una idea, y al cabo de un segundo había saltado al compartimiento posterior y le tenía agarrado por un hombro.

—Hola, Jopley —dije—. ¡Bienvenido, muchacho! —Sufrió un susto espantoso. Su rostro se tornó lívido al mirarme.

—¿Quién diablos es usted? —balbuceó.

—Me llamo Hannay —dije—. De Rodesia, ¿no te acuerdas?

—¡Santo Dios, el asesino! —exclamó.

—Así es. Y habrá un segundo asesinato, querido, si no haces lo que voy a decirte. Dame tu abrigo. La gorra también.

Me obedeció sin vacilar, pues estaba aterrorizado. Oculté mis sucios pantalones y la vulgar camisa bajo su elegante abrigo, que abotoné hasta arriba para esconder las deficiencias de mi cuello. Me puse la gorra, y añadí sus guantes a mi atavío. El polvoriento picapedrero se había transformado instantáneamente en uno de los más pulcros automovilistas de Escocia. Coloqué la indescriptible gorra de Turnbull sobre la cabeza del señor Jopley, y le prohibí que se la quitara.

Después, con algunas dificultades, hice girar el coche. Mi plan era regresar por donde había venido, pues los vigilantes, al haberlo visto antes, probablemente lo dejarían pasar sin sospechar nada, y Marmie no se parecía nada a mí.

—Ahora, hijo mío —dije—, quédate aquí sentado y sé buen chico. No quiero hacerte daño. Sólo te tomaré el coche prestado una o dos horas. Pero si me juegas una mala pasada, y sobre todo si abres la boca, te retuerzo el pescuezo. Savez?

Disfruté de aquel paseo vespertino. Recorrimos más de diez kilómetros a lo largo del valle, atravesamos uno o dos pueblos y pude ver a varios tipos de aspecto muy extraño paseando por el borde del camino. Éstos eran los vigilantes que habrían tenido mucho que decir si me hubieran visto con otro atuendo u otra compañía. Por el contrario, nos miraron con indiferencia. Uno de ellos se tocó la gorra a modo de saludo, y yo respondí amablemente.

Al atardecer enfilé un valle lateral que, como recordaba por el mapa, conducía a un rincón poco frecuentado de las colinas. Las casitas de los pueblos pronto quedaron atrás.

Al fin llegamos a un solitario páramo donde la noche oscurecía los destellos del ocaso en los charcos pantanosos. Aquí fue donde me detuve.

Hice girar cortésmente el coche y devolví sus pertenencias al señor Jopley.

—Mil gracias —dije—. Eres más útil de lo que creía. Ahora lárgate y ve en busca de la policía.

Sentado en la ladera de la colina, viendo cómo se alejaban las luces traseras del coche, pensé en las diversas clases de delitos que había cometido. En contra de la opinión general, no era un asesino, pero me había convertido en un tremendo mentiroso, un desvergonzado impostor y un salteador de caminos con una marcada preferencia por los coches caros.

6. La aventura del arqueólogo calvo

Pasé la noche sobre una plataforma de la ladera de la colina, al abrigo de una roca donde abundaban los brezos. Pasé mucho frío, pues me había quedado sin americana ni chaleco. Ambas prendas estaban en posesión del señor Turnbull, al igual que la agenda de Scudder, mi reloj y —lo peor de todo— mi pipa y mi petaca. Sólo conservaba el dinero en el cinturón, y media libra de galletas de jengibre en los bolsillos de los pantalones.

Tomé la mitad de estas galletas para cenar, e introduciéndome como un gusano entre los brezos obtuve algo de calor. Mi estado de ánimo había mejorado, y empezaba a disfrutar de este loco juego del escondite. Hasta ahora había tenido una suerte milagrosa. El lechero, el posadero literato, sir Harry, el picapedrero y el estúpido Marmie, todos habían sido muestras de mi buena fortuna. De alguna manera, el primer éxito me produjo la sensación de que saldría del apuro. Mi mayor infortunio era el hambre. Cuando un judío se dispara un tiro en la City y hay una encuesta judicial, los periódicos suelen informar de que el difunto estaba «bien alimentado». Recuerdo que pensé que no me calificarían como bien alimentado si me rompía el cuello en un agujero pantanoso. Empecé a torturarme a mí mismo —pues las galletas de jengibre únicamente habían puesto de relieve el doloroso vacío— con el recuerdo de toda la buena comida a la que apenas había prestado atención en Londres. Pensé en las crujientes salchichas de Paddock y las olorosas virutas de tocino ahumado, y los apetitosos huevos revueltos... ¡con cuánta frecuencia los había desdeñado! Pensé en las chuletas que hacían en el club, y en un jamón muy especial que siempre había en la mesa de entremeses, por el cual habría vendido mi alma al diablo. Pensé en todas las variedades de comestibles existentes, y finalmente me concentré en un gran bistec y una cerveza amarga con un poco de conejo a continuación. Pensando desesperadamente en estas exquisiteces me quedé dormido.

Me desperté a causa del frío alrededor de una hora después del alba. Tardé unos momentos en recordar dónde estaba, pues el día anterior me encontraba muy cansado y había dormido profundamente. Vi una franja de cielo azul a través de los brezos, un gran saliente de la colina y mis propias botas junto a un arbusto. Me incorporé sobre los brazos y miré hacia el valle, y esa mirada me hizo ponerme las botas a toda prisa.

Había hombres debajo, a no más de quinientos metros, diseminados por la ladera como un abanico, batiendo los brezos. Marmie se había dado prisa en vengarse.

Me arrastré fuera del saliente hasta el abrigo de una roca, y desde allí alcancé una zanja poco profunda que subía por la montaña. Ella me condujo a una angosta hondonada, por la cual llegué a la cima del monte. Desde allí miré hacia atrás, y vi que aún no me habían descubierto. Mis perseguidores examinaban pacientemente la ladera y continuaban subiendo.

Manteniéndome detrás de la línea del horizonte, corrí aproximadamente un kilómetro, hasta quedar encima del extremo superior del valle. Entonces me dejé ver, y fui instantáneamente observado por uno de los perseguidores, que comunicó la noticia a los demás. Oí gritos procedentes de abajo, y vi que la línea de búsqueda había cambiado de dirección. Simulé huir más allá de la línea del horizonte, pero en lugar de eso retrocedí sobre mis pasos, y a los veinte minutos estaba detrás del cerro que dominaba el saliente donde había dormido. Desde ese punto tuve la satisfacción de ver que la persecución proseguía colina arriba, tras una pista falsa.

Tenía ante mí varias rutas que elegir, y me decidí por el cerro que formaba ángulo con aquel en el que yo estaba, de modo que pronto habría colocado un profundo valle entre mis enemigos y yo. El ejercicio me había calentado los músculos, y empezaba a divertirme mucho. Sin detenerme, desayuné con los polvorientos restos de las galletas de jengibre.

Apenas conocía la región, y no tenía ni idea de lo que iba a hacer. Confiaba en la fuerza de mis piernas, pero era consciente de que mis perseguidores estaban familiarizados con el terreno, y sabía que mi ignorancia constituiría un gran inconveniente. Frente a mí había una cadena de colinas que se elevaban a gran altura hacia el sur, pero que en el norte se descomponían en anchos cerros que separaban valles poco profundos. El cerro que yo había escogido parecía descender al cabo de uno o dos kilómetros hacia un páramo que yacía como un receptáculo en las tierras altas. Ésa era una ruta tan buena como cualquiera.

Mi estratagema me había proporcionado una cierta ventaja —alrededor de veinte minutos— y tenía la anchura de una hoya a mi espalda antes de ver la cabeza de los primeros perseguidores. Era evidente que la policía había solicitado la ayuda de expertos locales, y los hombres que vi tenían el aspecto de pastores o guardabosques. Prorrumpieron en gritos al avistarme, y yo agité una mano al aire. Dos bajaron a la hoya y empezaron a trepar mi cerro, mientras que los otros continuaban por su lado de la colina. Me sentí como si estuviera tomando parte en un juego infantil de policías y ladrones.

Pero muy pronto dejó de parecerme un juego. Los hombres que iban tras de mí conocían muy bien los páramos donde habían nacido. Miré hacia atrás y vi que sólo tres me seguían en línea recta; supuse que los demás estaban dando un rodeo para cortarme el paso. Mi falta de conocimientos locales podía significar mi pérdida, de modo que decidí salir de ese laberinto de hoyas y dirigirme al trozo de páramo que había visto desde las cumbres. En este caso debía incrementar la distancia para librarme de ellos, y creí que podría hacerlo si encontraba el terreno adecuado. Si hubiera habido árboles, o una vegetación más abundante habría intentado escabullirme, pero en esas laderas desnudas veías una mosca a un kilómetro. Tenía que cifrar mis esperanzas en la longitud de mis piernas y mi resistencia física, pero para eso necesitaba un terreno más fácil, pues nunca había sido un buen montañero. ¡Cuánto me habría gustado tener un buen pony sudafricano!

Eché a correr cerro abajo y llegué al páramo antes de que apareciera ninguna figura en la línea del horizonte situada a mi espalda. Crucé el cauce seco de un arroyo y salí a un camino que discurría entre dos hoyas. Frente a mí había un gran campo de brezos que ascendía hasta una cima coronada por un extraño penacho de árboles. En el muro de piedra que bordeaba el camino había una verja, desde la que arrancaba una vereda cubierta de hierba.

Salté el muro y la seguí, y tras unos centenares de metros —en cuanto dejó de verse desde el camino— la hierba desapareció y se convirtió en un camino muy respetable, que evidentemente alguien cuidaba con frecuencia. Estaba claro que conducía a una casa, y empecé a pensar en la conveniencia de llegar a ella. Hasta el momento había tenido suerte, y era posible que mi mejor oportunidad se encontrara en esta remota morada. En todo caso, allí había árboles, y eso significaba estar a cubierto.

No seguí el camino, sino el cauce de un arroyo que lo flanqueaba por la derecha, donde los helechos eran abundantes y los altos márgenes formaban una considerable barrera. Hice bien, pues al mirar hacia atrás en cuanto hube alcanzado la hondonada, vi que mis perseguidores llegaban a la cumbre del cerro por donde yo había descendido.

A partir de entonces no miré hacia atrás; no tuve tiempo. Eché a correr cauce arriba, arrastrándome en los lugares descubiertos y vadeando el arroyo casi constantemente. Encontré una casita abandonada con una hilera de montones de turba y un jardín lleno de maleza. Después me encontré en un campo lleno de heno y no tardé en llegar al límite de una plantación de pinos agitados por el viento. Desde allí vi humear las chimeneas de una casa varios centenares de metros a la izquierda. Abandoné el cauce del arroyo, salté otro muro de piedra, y casi antes de darme cuenta estaba en medio de una gran extensión de césped. Una mirada hacia atrás me reveló que me hallaba fuera de la vista de mis perseguidores, que aún no habían rebasado la primera elevación del páramo.

El césped era muy desigual, cortado con guadaña en vez de segadora, y con parterres de rododendros alrededor. Una bandada de mirlos, que no suelen ser pájaros de jardín, alzó el vuelo cuando me acerqué. La casa que se levantaba ante mí era la granja habitual de los páramos, con un ala encalada más pretenciosa añadida a un lado. En esta ala había una galería de cristal, y a través del cristal vi el rostro de un anciano caballero que me observaba mansamente.

Atravesé el borde de la grava y entré por la puerta abierta de la galería. La estancia era muy agradable, con cristal en un lado y multitud de libros en el otro. Se veían más libros en una habitación interior. En el suelo, en vez de mesas, había cajas como las que se ven en los museos, llenas de monedas y extraños utensilios de piedra.

En medio había un escritorio con un hueco central, y sentado ante él, con algunos papeles y volúmenes abiertos frente a sí, estaba el benevolente anciano. Su cara era redonda y brillante, como la del señor Pickwick, con unas grandes gafas en el extremo de la nariz, y tenía una cabeza tan reluciente y lisa como una botella de cristal. No se movió al entrar yo, pero enarcó sus cejas y esperó a que hablase.

No era una tarea sencilla, disponiendo de cinco minutos escasos, identificarme ante un desconocido, decirle lo que quería y obtener su ayuda. Ni siquiera lo intenté. Los ojos de aquel hombre tenían algo, una mirada tan penetrante e inteligente, que no pude articular una sola palabra. Simplemente le miré y tartamudeé.

—Parece tener prisa, amigo mío —dijo con lentitud.

Señalé con la cabeza hacia la ventana. Desde allí se dominaba el páramo a través de un hueco entre los pinos, y en aquel momento aparecieron varias figuras a un kilómetro de distancia.

—Ah, comprendo —dijo, y cogió un par de prismáticos a través de los cuales escrutó pacientemente a las figuras—. Un fugitivo de la justicia, ¿eh?

Bueno, hablaremos del asunto con calma. Mientras tanto, no me gusta que unos torpes policías rurales violen mi intimidad. Entre en mi estudio: allí verá dos puertas en la pared del fondo. Abra la de la izquierda y ciérrela a sus espaldas. Allí estará a salvo.

Y aquel hombre extraordinario volvió a coger la pluma. Hice lo que me había ordenado, y me encontré en un pequeño cuarto oscuro que olía a productos químicos y sólo estaba iluminado por una minúscula claraboya. La puerta se había cerrado tras de mí con un chasquido, como la puerta de una caja fuerte. Una vez más había encontrado un refugio inesperado.

Sin embargo, no me sentía tranquilo. El anciano caballero tenía algo que me desconcertaba y aterrorizaba. Había sido demasiado complaciente, como si me hubiera estado esperando, y sus ojos habían reflejado una tremenda inteligencia.

Ningún sonido llegaba a mis oídos en aquel lugar oscuro. Tal vez la policía estuviese registrando la casa, y entonces querrían saber qué había detrás de esta puerta. Intenté armarme de paciencia y olvidar el hambre que tenía.

Después consideré la situación con más optimismo. El anciano no podía negarme una comida, y me concentré en soñar en mi desayuno. Tomaría unos huevos con tocino, aunque querría la mejor parte de una pieza de tocino y medio centenar de huevos. Y entonces, mientras se me hacía la boca agua con estos pensamientos, oí un chasquido y la puerta se abrió.

Salí y encontré al dueño de la casa sentado en una butaca de la habitación que había llamado estudio, mirándome con curiosidad.

—¿Se han ido? —pregunté.

—Se han ido. Les he convencido de que había cruzado la colina. No quiero que la policía se interponga entre una persona a la que estoy encantado de recibir y yo. Ésta es una mañana de suerte para usted, señor Richard Hannay.

Mientras hablaba sus párpados parecieron temblar y cerrarse ligeramente sobre sus penetrantes ojos grises. De pronto recordé la frase de Scudder para describirme al hombre a quien más temía en el mundo. Había dicho que «parpadeaba como un halcón». Entonces comprendí que me había metido en el cuartel general del enemigo.

Mi primer impulso fue estrangular al anciano rufián y echar a correr. Él pareció anticiparse a mis intenciones, pues sonrió amablemente y me indicó la puerta situada a mis espaldas con un movimiento de la cabeza.

Di media vuelta y vi a dos criados que me tenían encañonado con sendas pistolas.

El anciano sabía mi nombre, pero nunca me había visto. En cuanto esta reflexión cruzó por mi mente, entreví una pequeña posibilidad.

—No sé qué se propone —dije con rudeza—. Además, ¿a quién llama Richard Hannay? Yo me llamo Ainslie.

—¿De verdad? —inquirió él, sin dejar de sonreír—. Naturalmente debe tener varios nombres. No discutiremos por algo tan trivial.

Yo había logrado recobrar mis cinco sentidos, y pensé que mi atuendo, sin americana, chaleco, ni cuello, no me traicionaría. Adopté mi expresión más hosca y me encogí de hombros.

—Supongo que acabará entregándome, y eso es lo que yo llamo un juego sucio. ¡Dios mío, ojalá nunca hubiera visto ese maldito coche! Tenga el dinero y que le aproveche —dije, tirando cuatro soberanos encima de la mesa.

Él abrió un poco los ojos.

—Oh, no, no le entregaré. Mis amigos y yo nos ocuparemos de usted, eso es todo. Sabe demasiado, señor Hannay. Es un buen actor, pero no lo suficiente.

Habló con seguridad, pero vi que la sombra de una duda se había abierto paso en su mente.

—Oh, por el amor de Dios, déjese de palabrerías. No he tenido ni un poco de suerte desde que desembarqué de Leith. ¿Qué mal hay en que un pobre diablo con el estómago vacío coja unas cuantas monedas de un coche destrozado? Es lo único que he hecho, y por eso llevo dos días huyendo de esos malditos policías por estas malditas colinas. Le aseguro que estoy harto. ¡Haga lo que quiera, amigo! A Ned Ainslie ya no le quedan fuerzas para luchar.

Vi que la duda ganaba terreno.

—¿Será tan amable de contarme cuáles han sido sus andanzas más recientes? —preguntó.

—No puedo, jefe —dije con la voz lastimera de un verdadero mendigo—. Hace dos días que no pruebo bocado. Deme un poco de comida y sabrá toda la verdad.

El hambre debía reflejarse en mi cara, pues hizo una seña a uno de los criados que permanecían en el umbral. Éste me trajo un pedazo de tarta y un vaso de cerveza, y yo los engullí como un lobo; o más bien, como Ned Ainslie, pues me mantuve a la altura de mi personaje. Mientras comía habló súbitamente en alemán, pero yo volví hacia él un rostro tan inexpresivo como un muro de piedra.

Después le conté mi historia: cómo había desembarcado en Leith hacía una semana, y mi intención de ir a Wigtown para ver a mi hermano. Me había quedado sin dinero —hablé de una borrachera, sin concretar demasiado— y estaba sin un penique cuando pasé junto al boquete de un seto y, a través de él, vi un coche volcado en el arroyo. Me acerqué para ver lo que había ocurrido, y encontré tres soberanos en el asiento y uno en el suelo. Allí no había nadie, ni rastro del propietario, de modo que me embolsé el dinero. Pero la ley me descubrió. Cuando intenté cambiar un soberano en una panadería, la mujer llamó a la policía, y un poco después, cuando me estaba lavando la cara en un arroyo, me dieron alcance, y tuve que dejar la americana y el chaleco para huir a toda prisa.

—Para lo que me ha servido —exclamé—, que se queden con el maldito dinero. ¡Toda la policía del distrito detrás de un pobre hombre! Si usted hubiera encontrado las monedas, jefe, nadie le habría molestado.

—Sabe mentir muy bien, Hannay —dijo él.

Simulé enfurecerme.

—¡Deje de llamarme así, maldita sea! Le he dicho que mi nombre es Ainslie, y nunca en mi vida he oído hablar de alguien llamado Hannay. Prefiero a la policía que a usted con sus Hannay y sus condenados guardaespaldas armados… No, jefe, le pido perdón, no quería decir eso. Le estoy muy agradecido por la comida, y aún lo estaré más si me deja marchar ahora que no hay moros en la costa.

Era evidente que se hallaba desconcertado. Jamás me había visto, y mi aspecto debía haber cambiado considerablemente respecto al de las fotografías, si es que él tenía alguna. En Londres iba elegantemente vestido, y ahora parecía un vagabundo.

—No tengo la intención de dejarle marchar. Si es lo que afirma ser, podrá irse muy pronto. Si es lo que yo creo, sus días estarán contados.

Tocó un timbre, y un tercer criado apareció desde la galería.

—Quiero el Lanchester dentro de cinco minutos —dijo—. Seremos tres para almorzar.

Después me miró fijamente, y ésta fue la experiencia más penosa de todas.

Había algo sobrenatural y diabólico en aquellos ojos, fríos, malignos, aterradores y sumamente inteligentes. Me fascinaron como los brillantes ojos de una serpiente. Sentí el fuerte impulso de confesarlo todo e incorporarme a las filas del anciano, y si tienen en cuenta mi actitud frente a todo el asunto comprenderán que el impulso debió ser puramente físico, la debilidad de un cerebro hipnotizado y dominado por un espíritu más poderoso. Pero conseguí reaccionar e incluso sonreír.

—No creo que olvide mi cara, jefe —exclamé.

—Karl —le dijo él en alemán a uno de los hombres apostados junto a la puerta—, encierra a este individuo en el almacén hasta que yo vuelva. Te hago responsable de él.

Me escoltaron fuera de la habitación con una pistola junto a cada oreja.

El almacén era la bodega de lo que había sido la antigua granja. No había ninguna alfombra sobre el suelo desigual, y nada donde sentarse aparte de un banco de escuela. La oscuridad era total, pues los postigos de las ventanas estaban herméticamente cerrados. Tras una laboriosa inspección a tientas, deduje que junto a las paredes se alineaban cajas, barriles y sacos de algo pesado. La estancia olía a moho y abandono. Mis carceleros hicieron girar la llave en la cerradura, y les oí pasear de un lado a otro mientras montaban guardia.

Me senté, envuelto por aquella fría oscuridad, en un estado de ánimo deplorable. El viejo se había marchado en un coche para recoger a los dos rufianes que me habían interrogado el día anterior. Ellos me habían visto en mi caracterización de picapedrero y me recordarían, pues llevaba el mismo atuendo. ¿Qué hacía un picapedrero a treinta kilómetros de su lugar de trabajo, perseguido por la policía? Una o dos preguntas les pondrían sobre la pista. Probablemente habían visto al señor Turnbull, probablemente también a Marmie; lo más seguro era que pudiesen relacionarme con sir Harry, y entonces todo estaría tan claro como el agua. ¿Qué posibilidades tenía yo en esta casa del páramo con tres peligrosos malhechores y sus criados armados?

Empecé a pensar con añoranza en la policía, que ahora debía estar batiendo la colina en pos de mi espectro. Al menos ellos eran compatriotas y hombres honrados, y su misericordia sería preferible a la de estos brutales extranjeros. Pero no me escucharían. Ese viejo demonio con párpados de halcón no había tardado en librarse de ellos. Tal vez hubiese sobornado a la policía local. Con toda probabilidad tenía cartas de varios ministros diciendo que debían darle toda clase de facilidades para conspirar contra Gran Bretaña. Así es como hacemos la política en la madre patria.

Los tres regresarían para almorzar, así que sólo tendría que esperar un par de horas. Era una espera muy amarga, pues ya nada ni nadie podría salvarme. Deseé poseer el valor de Scudder, pues debo confesar que mi fortaleza no era muy grande. Lo único que me mantenía era la rabia. Me hervía la sangre al pensar que estos tres espías pudieran acabar conmigo de este modo. Me consolé con la idea de que, en todo caso, quizá lograse retorcerle el cuello a uno antes de que me liquidaran.

Cuanto más pensaba en ello, más me enfurecía, y tuve que levantarme y pasear por la habitación. Intenté abrir los postigos, pero eran de los que se cierran con llave y no pude moverlos. Desde fuera llegaba el débil cloqueo de las gallinas al sol. Después me abrí paso a tientas entre los sacos y las cajas.

No pude abrir estas últimas, y los sacos parecían estar llenos de cosas como galletas para perro que olían a canela. Sin embargo, cuando daba la vuelta a la habitación, encontré un picaporte en la pared que me pareció digno de investigar.

Era la puerta de un armario empotrado y estaba cerrado con llave. Le di unos cuantos golpes y me pareció bastante endeble. A falta de otra cosa mejor que hacer, empleé toda mi fuerza en esa puerta y tiré del picaporte. La puerta cedió con un crujido, y temí que mis guardianes entraran a investigar. Esperé un poco, y después empecé a explorar los estantes del armario.

Allí había multitud de cosas extrañas. Encontré una o dos cerillas sueltas en los bolsillos de mis pantalones y obtuve una tenue luz. Se apagó en cuestión de segundos, pero me mostró una cosa. Había un pequeño surtido de linternas en un estante. Cogí una, y descubrí que funcionaba.

Con la ayuda de la linterna seguí investigando. Había botellas y cajas de productos que olían muy mal, seguramente sustancias químicas para experimentos, así como rollos de hilo de cobre y gran cantidad de un fino alambre de seda aceitoso. Había una caja de detonadores, y una cuerda para mechas. Después, al fondo de un estante, encontré una sólida caja de cartón, y un estuche de madera en su interior. Conseguí abrirlo, y vi que contenía una docena de pequeños ladrillos grises, de unos cinco centímetros cuadrados cada uno. Saqué uno, y descubrí que se desmigajaba fácilmente entre mis dedos. Después lo olí y lo lamí. A continuación me senté a pensar. No en vano había sido ingeniero de minas, y reconocía la lentonita en cuanto la veía.

Con uno de esos ladrillos podía volar la casa en mil pedazos. Había utilizado el producto en Rodesia y conocía su potencia. Lo malo era que mis conocimientos no resultaban exactos. Me había olvidado de la carga adecuada y el modo de prepararla, y no estaba seguro de la regulación del encendido. Además, sólo tenía una vaga idea sobre su potencia, pues aunque la había empleado no la había manejado con mis propias manos.

Sin embargo constituía una oportunidad, la única oportunidad posible. Era un gran riesgo, pero frente a él se alzaba una espantosa certidumbre. Si la utilizaba, las posibilidades serían de cinco a uno a favor de que yo volara por los aires; pero si no lo hacía, seguramente ocuparía un agujero de un metro ochenta de longitud hecho en el jardín aquella misma noche. Éste era el modo en que debía enfocarlo. Las perspectivas eran muy negras en ambos casos, pero al menos había una posibilidad, tanto para mí como para mi país.

El recuerdo del pequeño Scudder me decidió. Fue un momento crucial en mi vida, pues no sirvo para tomar estas decisiones tan importantes. Sin embargo, apreté los dientes y ahuyenté las terribles dudas que me asaltaron. Procuré no pensar en nada y me dije a mí mismo que estaba haciendo un experimento tan sencillo como los fuegos artificiales de Guy Fawkes.

Cogí un detonador, y lo acoplé a unos sesenta centímetros de mecha. Después rompí un ladrillo de lentonita en cuatro partes, y enterré un pedazo en una grieta del suelo debajo de uno de los sacos, conectándole el detonador. Era posible que la mitad de aquellas cajas fuese de dinamita. Si el armario contenía explosivos tan mortíferos, ¿por qué no las cajas? En este caso todo volaría por los aires, yo y los criados alemanes y un acre del terreno circundante. También existía la posibilidad de que la detonación hiciera estallar los demás ladrillos del armario, pues había olvidado casi todo lo que sabía acerca de la lentonita. Pero no servía de nada empezar a pensar en las posibilidades. El riesgo era muy grande, pero tenía que correrlo.

Me agazapé debajo del alféizar de la ventana y encendí la mecha. Después esperé uno o dos minutos. El silencio era total, y únicamente se oían las pisadas de unas botas en el pasillo y el apacible cloqueo de las gallinas en el exterior. Encomendé mi alma al Creador, y me pregunté dónde estaría al cabo de cinco segundos.

Una gran oleada de calor pareció elevarse del suelo, y flotó un agobiante segundo en el aire. Después la pared que había frente a mí se disolvió en una nube amarilla con un estruendo casi insoportable. Algo cayó sobre mí, golpeándome en el hombro izquierdo.

Y después creo que perdí el conocimiento.

Mi estupor apenas debió durar unos segundos. Me pareció que me asfixiaba entre la espesa humareda amarilla, y tras librarme de los escombros conseguí entonces ponerme en pie. Noté el aire fresco a mi espalda. El marco de la ventana había caído, y el humo se escapaba a través de la abertura. Salté al exterior y me encontré en un patio envuelto por una neblina espesa y acre. Me sentí mareado y dolorido, pero podía mover las extremidades y me alejé de la casa sin perder un segundo.

Al otro lado del patio, el pequeño canal de desagüe de un molino discurría bajo un acueducto de madera, y me dejé caer en él. El agua fresca me reanimó, y comprendí que era necesario huir a toda prisa. Seguí el canal entre el resbaladizo lodo verde hasta que llegué a la rueda del molino. Entonces me introduje en el viejo molino por el agujero del eje y fui a caer sobre un montón de paja. Un clavo me desgarró los pantalones, y dejé un jirón de paño tras de mí.

El molino estaba abandonado desde hacía tiempo. Las escalerillas se habían podrido con los años, y en el desván las ratas habían hecho grandes agujeros en el suelo. Sentía náuseas, la cabeza me daba vueltas, y parecía tener el hombro y el brazo izquierdos totalmente paralizados. Miré por la ventana y vi que la neblina aún se cernía sobre la casa y el humo se escapaba por una ventana del piso superior. Dios quisiera que hubiese provocado un incendio, pues oí gritos procedentes del otro lado.

Sin embargo, no tenía tiempo que perder, ya que el molino era un mal escondite. Cualquiera que me buscase seguiría el canal, y estaba seguro de que la búsqueda comenzaría en cuanto viesen que mi cuerpo no se hallaba en el almacén. Desde la otra ventana vi que al otro lado del molino se alzaba un viejo palomar de piedra. Si lograra llegar hasta allí sin dejar huellas quizá encontrase un lugar donde ocultarme, pues deduje que mis enemigos, al descubrir que podía moverme, pensarían que había huido hacia campo abierto y me buscarían en el páramo.

Me deslicé por la escalerilla rota, echando paja tras de mí para cubrir mis pisadas. Hice lo mismo en el suelo del molino y en el umbral, donde la puerta colgaba de unas bisagras rotas. Escudriñé el exterior, y vi que entre el molino y el palomar había un camino de guijarros, donde no quedarían impresas mis pisadas. Además, no podía verse desde la casa gracias a los edificios del molino. Atravesé este espacio, llegué a la parte trasera del palomar y busqué una posible vía de ascenso.

Ésta fue una de las empresas más difíciles que he acometido jamás. El hombro y el brazo me dolían mucho, y estaba tan mareado y aturdido que apenas podía sostenerme en pie. Pero, pese a mi estado, lo conseguí. Utilizando los huecos y salientes como soporte, al final logré llegar arriba. Había un pequeño parapeto detrás del cual encontré espacio para echarme. Entonces cedí a un desvanecimiento pasado de moda.

Me desperté con la cabeza ardiendo y el sol en la cara. Me quedé inmóvil largo rato, pues aquella terrible humareda parecía haber aflojado mis articulaciones y reblandecido mi cerebro. Oí ruidos procedentes de la casa —hombres que hablaban con voz ronca y el rugido de un coche—. Me arrastré hasta un pequeño boquete en el parapeto, desde el cual se veía el patio de la casa, y vi salir a varias personas —un criado con la cabeza vendada, y después un hombre más joven con pantalones bombachos—. Buscaban algo, y se dirigieron hacia el molino. Entonces uno de ellos vio el jirón de tela en el clavo, y llamó al otro. Ambos volvieron a la casa, y regresaron acompañados de dos o más para inspeccionarlo. Vi la figura del último, y me pareció distinguir al hombre que ceceaba. Observé que todos llevaban pistola.

Durante media hora registraron el molino. Les oí volcar los toneles y arrancar las podridas tablas del suelo. Después salieron al exterior y se detuvieron junto al palomar, discutiendo acaloradamente. El criado de la venda fue objeto de una severa reprimenda. Les oí forcejear con la puerta del palomar, y durante unos espantosos momentos creí que subirían. Después lo pensaron mejor y volvieron a la casa.

Pasé toda aquella larga tarde tostándome al sol. La sed fue mi peor tormento. Tenía la boca seca, y para empeorar las cosas oía el goteo del agua en el canal del molino. Contemplé el curso del riachuelo que venía del páramo, y lo seguí con la imaginación hasta la parte superior de la hoya, donde debía nacer de una helada fuente cubierta de helechos y musgo. Habría dado un millón de libras por sumergir la cara en ella.

Desde allí dominaba todo el páramo. Vi que el coche se alejaba a toda velocidad con dos ocupantes, y a un hombre montado en un caballo que se dirigió hacia el este. Supuse que me estaban buscando, y les deseé suerte.

Pero vi otra cosa más interesante. La casa se levantaba casi en la cima de una ondulación del páramo que coronaba una especie de meseta, y no había ningún lugar más alto en los alrededores. La cima en cuestión estaba llena de árboles, principalmente pinos, con unos cuantos fresnos y hayas. En lo alto del palomar yo me encontraba casi al mismo nivel de las copas de los árboles, y podía ver lo que había más allá. El bosque no era compacto, sino sólo un anillo, y en el centro había un óvalo de césped muy parecido a un gran campo de criquet.

No tardé demasiado en adivinar de qué se trataba. Era un aeródromo, y un aeródromo secreto. El lugar había sido muy bien escogido. Suponiendo que alguien viera descender un avión sobre esta zona, pensaría que había sobrepasado la colina situada más allá de los árboles. Como el lugar estaba en la cúspide de una elevación y en medio de un gran anfiteatro, cualquier observador desde cualquier dirección llegaría a la conclusión de que se había perdido de vista detrás de la colina. Sólo una persona que estuviera muy cerca se daría cuenta de que el avión no había sobrepasado la colina sino descendido en medio del bosque. Un observador con un telescopio desde una de las colinas más altas podría descubrir la verdad, pero allí sólo iban los pastores, y los pastores no llevaban telescopios ni prismáticos. Desde el palomar vi una lejana franja azul, el mar, y me enfurecí al pensar que nuestros enemigos tenían esta torre secreta para vigilar nuestras aguas.

Después pensé que si el avión regresaba, lo más probable era que me descubriese. Por lo tanto, pasé toda la tarde echado y aguardando ansiosamente la llegada de la oscuridad, por lo que lancé un suspiro de alivio cuando el sol se ocultó tras las grandes colinas del oeste y la penumbra crepuscular se abatió sobre el páramo. El avión se retrasaba. La oscuridad ya era muy densa cuando oí el ruido del motor y lo vi planear hacia su refugio del bosque. Hubo luces que centellearon y muchas idas y venidas desde la casa. Después llegó la noche y se hizo el silencio.

A Dios gracias, la noche era oscura. La luna estaba en cuarto menguante y no se levantaría hasta más tarde. Tenía demasiada sed para esperar, así que hacia las nueve, por lo que pude deducir, empecé el descenso. No fue fácil, y a medio camino oí abrirse la puerta trasera de la casa y vi el reflejo de una linterna sobre la pared del molino. Durante unos aterradores minutos me adherí al muro del palomar y recé para que no se acercara nadie. Después la luz desapareció, y yo me dejé caer tan suavemente como pude sobre el duro suelo del patio.

Me arrastré a lo largo de un muro de piedra hasta llegar al círculo de árboles que rodeaba la casa. Si hubiera sabido cómo hacerlo, habría intentado inutilizar aquel avión, pero comprendí que cualquier tentativa sería inútil. Estaba seguro de que habría algún tipo de defensa en torno a la casa, de modo que atravesé el bosque a gatas, tanteando cuidadosamente el terreno ante mí. Hice bien, pues al fin encontré un alambre a unos sesenta centímetros del suelo. Si hubiese tropezado con él, indudablemente habría disparado alguna alarma en la casa y habría sido capturado.

Unos cien metros más adelante encontré otro alambre hábilmente colocado en el borde de un pequeño arroyo. Al otro lado estaba el páramo, y a los cinco minutos me encontré rodeado de helechos y brezos. Pronto llegué al límite de la elevación, a la angosta hoya de donde fluía el canal del molino. Diez minutos después tenía la cara debajo del manantial y bebía litros de la bendita agua.

No me detuve más hasta que hube puesto una veintena de kilómetros entre la casa y yo.

7. El pescador aficionado

Me senté en la cumbre de una colina y examiné mi posición. No me sentía demasiado feliz, pues mi natural alegría por haber escapado se veía mermada por las fuertes molestias físicas que sufría. Aquellos vapores de lentonita me habían envenenado considerablemente, y las horas pasadas al sol en el palomar no habían contribuido a mejorar las cosas. Tenía un dolor de cabeza insoportable, y estaba muy mareado. Además, mi hombro empeoraba por momentos. Al principio pensé que sólo había sido una magulladura, pero parecía estar hinchándose y no podía mover el brazo izquierdo.

Mi plan consistía en buscar la casita del señor Turnbull, recuperar mis prendas, y especialmente la agenda de Scudder, y despúes alcanzar la línea férrea y regresar al sur. Tenía la impresión de que lo mejor sería ponerme en contacto lo antes posible con el hombre del Ministerio de Asuntos Exteriores, sir Walter Bullivant. No creía que pudiese obtener más pruebas de las que ya tenía. Debería aceptar o rechazar mi historia y, de todos modos, con él estaría en mejores manos que con aquellos diabólicos alemanes. Había empezado a reconciliarme con la policía británica.

Era una maravillosa noche estrellada, y no me costó demasiado encontrar el camino. El mapa de sir Harry me había ayudado a orientarme, y todo lo que debía hacer era girar uno o dos puntos hacia el oeste para llegar al arroyo donde había hallado al picapedrero. Durante mis andanzas no había podido averiguar el nombre de los lugares, pero creo que aquel riachuelo era algo tan importante como las aguas superiores del río Tweed. Calculé que debía estar a unos treinta kilómetros de distancia, y eso significaba que no podría llegar allí antes de la mañana. Así pues, tendría que esconderme en algún sitio durante un día, pues mi aspecto resultaba demasiado espantoso para mostrarme a la luz del sol. No tenía americana, ni chaleco, ni sombrero, llevaba los pantalones rotos, y mi cara y mis manos estaban negras por la explosión. Me atrevería a decir que tenía otras bellezas, pues notaba los ojos inyectados en sangre. En conjunto no era un espectáculo para que ciudadanos temerosos de Dios me viesen en la carretera.

Poco después del amanecer intenté asearme en un arroyo de la colina, y me acerqué a la casa de un pastor, pues sentía la imperiosa necesidad de comer. Él estaba lejos, y su esposa se hallaba sola, sin ningún vecino en ocho kilómetros a la redonda. Era una mujer de cierta edad, y muy animosa, pues aunque se asustó al verme, tenía un hacha a mano y la habría utilizado contra cualquier malhechor. Le dije que me había caído —no dije cómo— y ella vio por mi aspecto que estaba bastante mal. Como una verdadera samaritana no hizo preguntas, sino que me dio un tazón de leche con un chorro de whisky, y me permitió quedarme un rato sentado junto al fuego de la cocina. Me habría limpiado el hombro, pero me dolía tanto que no le permití que lo tocara.

No sé por quién me tomó —por un ladrón arrepentido, tal vez—, porque cuando quise pagarle la leche y le tendí un soberano, que era la moneda más pequeña que tenía, meneó la cabeza y murmuró algo acerca de «darlo a los que tenían derecho a él». Yo protesté de tal modo que debió creer en mi inocencia, pues tomó el dinero y a cambio de él me dio un cálido plaid nuevo y un sombrero viejo de su marido. Me enseñó a colocarme el plaid alrededor de los hombros, y cuando abandoné la casita era la viva imagen del tipo escocés que se ve en las ilustraciones de los poemas de Burns. En todo caso, iba más o menos vestido.

Fue una suerte, porque el tiempo cambió antes del mediodía y empezó a llover. Me refugié debajo de un saliente rocoso en el recodo de un arroyo, donde un montón de helechos muertos me servían de cama. Allí conseguí dormir hasta la caída de la noche, momento en que me desperté mojado y entumecido, con un terrible dolor en el hombro. Comí la torta de harina de avena y el queso que la mujer me había dado y volví a ponerme en camino antes de que oscureciera totalmente.

Omitiré las desdichas de aquella noche a través de las mojadas colinas. No había estrellas por las que pudiera guiarme, y tuve que seguir adelante basándome en mis recuerdos del mapa. Me perdí dos veces, y sufrí varias caídas en los numerosos hoyos. Sólo tenía que recorrer unos quince kilómetros en línea recta, pero mis errores los convirtieron en casi treinta. Cubrí el último tramo con los dientes apretados y en un estado de semiinconsciencia. Pero lo logré, y al amanecer golpeaba con los nudillos la puerta del señor Turnbull. La niebla era muy espesa, y desde la casita no se veía el camino.

El propio señor Turnbull me abrió, sobrio e incluso más que sobrio. Iba severamente vestido con un traje antiguo pero bien conservado de color negro; debía haberse afeitado la noche anterior; llevaba una camisa blanca y una biblia de bolsillo en la mano izquierda. En el primer momento no me reconoció.

—¿Se puede saber quién es el que viene a rondar por aquí en la mañana del sábado? —preguntó.

Yo había perdido la cuenta de los días. Así que el sábado era la razón de este extraño decoro.

La cabeza me daba vueltas de tal forma que no pude formular una respuesta coherente. Pero me reconoció, y vio que estaba enfermo.

—¿Tiene mis gafas? —preguntó.

Las extraje del bolsillo de mis pantalones y se las di.

—Ha venido a por su chaqueta y su chaleco —dijo él—. Pase, hombre, pase. Caramba, tiene las piernas hechas polvo. Aguante, que ahora le traigo una silla.

Comprendí que estaba al borde de un ataque de malaria. Tenía mucha fiebre, y las noches de lluvia habían empeorado mi estado, además, el hombro y los efectos de las emanaciones me hacían sentir muy mal. Antes de que pudiera darme cuenta, el señor Turnbull me ayudó a quitarme la ropa y me metió en una de las dos camas adosadas a las paredes de la cocina.

El viejo picapedrero se portó como un verdadero amigo. Su esposa había muerto años atrás, y vivía solo desde la boda de su hija.

Durante diez días me prodigó todos los cuidados que necesitaba. Yo únicamente quería que me dejaran en paz mientras la fiebre seguía su curso, y cuando volví a notar la piel fresca descubrí que el ataque me había curado el hombro. Sin embargo, la recuperación fue lenta, y aunque pude levantarme a los cinco días, tardé algo más en poder utilizar las piernas.

Él salía todas las mañanas, después de dejarme la leche del día y cerrar la puerta con llave; al atardecer volvía para sentarse en silencio junto a la chimenea. Ni un alma se acercó a la casita. Cuando empecé a mejorar, no me importunó con ninguna pregunta. Varias veces fue a buscarme el Scotsman, y comprobé que el interés por el asesinato de Portland Place se había desvanecido. Apenas hablaban de nada más que algo llamado la Asamblea General. Por lo que pude deducir, se trataba de una fiesta eclesiástica.

Un día sacó mi cinturón de un armario cerrado con llave.

—Ahí dentro hay una pila de dinero, ¿eh? —dijo—. Cuéntelo para ver si está todo.

Ni siquiera intentó averiguar mi nombre. Le pregunté si alguien había ido a interrogarle después del día que pasé trabajando para sustituirle.

—Sí, un hombre con un coche. Quería saber quién era el tipo que había tomado mi puesto aquel día, y yo le miré como si pensara que estaba chalado. Pero el hombre se puso pesado, y entonces le dije que debía hablar de mi hermano de Cleuch, que a veces me echa una mano. Era un individuo con una pinta muy rara, y hablaba tan mal que no entendí ni la mitad de lo que dijo.

Aquellos últimos días empecé a impacientarme, y en cuanto me encontré mejor decidí ponerme en camino. Eso fue el doce de junio, y tuve la suerte de que un comerciante de ganado pasara aquel día por allí en dirección a Moffat. Era un hombre llamado Hislop, amigo de Turnbull. Entró a desayunar con nosotros y se ofreció a llevarme consigo.

Di cinco libras a Turnbull por mi alojamiento, aunque me costó mucho lograr que las aceptara. Nunca he visto a un hombre tan altivo. Llegó a enfadarse cuando insistí, al fin, y tímido y sonrojado, cogió el dinero sin una palabra de agradecimiento. Cuando le dije que le debía mucho gruñó algo así como «todos hemos de ayudarnos los unos a los otros». A juzgar por nuestra despedida, cualquiera hubiese pensado que nos separábamos enfadados.

Hislop era un hombre alegre, que charló durante todo el camino por las colinas y el soleado valle de Annan. Yo hablé de los mercados de Galloway y los precios de los corderos, y él supuso que era un pastor de aquella zona, fuese la que fuese. Mi plaid y mi viejo sombrero, como he dicho, me conferían un aspecto escocés muy teatral, pero conducir ganado es una tarea mortalmente lenta, y tardamos todo aquel día en recorrer una veintena de kilómetros.

De no haber estado tan ansioso, habría disfrutado mucho. El tiempo volvía a ser espléndido y pasamos por hermosas colinas pardas y extensos prados verdes, oyendo el canto de las alondras y los chorlitos y el murmullo de los riachuelos. Pero mi estado de ánimo no era el más adecuado para apreciar las bellezas del verano ni la conversación de Hislop, pues a medida que se acercaba el fatídico quince de junio me sentía abrumado por las dificultades de mi empresa.

Cené algo en una humilde posada de Moffat, y anduve los tres kilómetros que me separaban del empalme de la vía férrea. El expreso nocturno del sur no salía hasta medianoche, y para ocupar el tiempo subí a una colina y me quedé dormido, pues el paseo me había fatigado. Sin embargo, dormí demasiado rato, y tuve que correr hasta la estación para no perder el tren. Los duros asientos de la tercera clase y el olor a tabaco barato me animaron. Ahora empezaba mi verdadera labor.

Llegué a Crewe de madrugada y tuve que esperar hasta las seis para abordar un tren con destino a Birmingham. Por la tarde llegué a Reading, y cambié el tren local que iba hasta el último rincón de Berkshire. Ahora me encontraba en una tierra de verdes praderas y arroyos rojizos. Hacia las ocho de la noche, un ser cansado y sucio —un cruce entre bracero y veterinario—, con un plaid a cuadros blancos y negros encima del hombro (porque no me atrevía a llevarlo al sur de la frontera), se apeó en la pequeña estación de Artinswell. Había varias personas en el andén, y pensé que sería mejor preguntar el camino en otro lugar.

La carretera pasaba a través de un gran bosque de hayas y de un valle poco profundo cubierto de flores. Después de Escocia, el aire tenía un olor fuerte e insulso, pero infinitamente dulce, pues los tilos, castaños y arbustos de lilas estaban en flor. Al poco rato llegué a un puente bajo el cual fluía un riachuelo de aguas claras y tranquilas entre níveos macizos de ranúnculos. Un poco más arriba había un molino y el estanque producía un agradable y fresco sonido en el aromático atardecer. No sé por qué, aquel lugar me calmó y me hizo sentir a gusto. Empecé a silbar mientras contemplaba el riachuelo, y la melodía que acudió a mis labios fue Annie Laurie.

Un pescador subió desde la orilla del agua, y al acercarse también empezó a silbar. La melodía debía ser contagiosa, pues me coreó. Se trataba de un hombre corpulento, vestido con unos sucios pantalones de franela y un viejo sombrero de ala ancha, y con una bolsa de lona colgada del hombro. Me hizo una inclinación de cabeza, y yo pensé que nunca había visto una cara más astuta y afable. Apoyó su delicada caña de tres metros de longitud en el puente, y se quedó mirando el agua igual que yo.

—Está clara, ¿verdad? —dijo con simpatía—. No hay río tan cristalino como el Kennet. Mire aquel pez. Debe pesar cerca de dos kilos. Pero está subiendo la marea y a esta hora nunca pican.

—No lo veo —dije yo.

—¡Mire! ¡Allí! A un metro de las cañas, un poco más arriba de aquella roca.

—Ahora lo veo. Parece una piedra negra.

—Así es —repuso, y silbó otra estrofa de Annie Laurie.

—Su nombre es Twisdon, ¿verdad? —dijo por encima del hombro, con los ojos fijos en el riachuelo.

—No —contesté—. Quiero decir, sí. —Me había olvidado de mis alias.

—Un conspirador debe recordar su propio nombre —dijo, sonriendo ampliamente al ver una gallina junto al camino.

Me enderecé y le miré, observando su mandíbula cuadrada, su frente ancha y sus tersas mejillas, y empecé a pensar que finalmente había encontrado a un verdadero aliado. Sus penetrantes ojos azules parecían verlo todo.

De repente frunció el ceño.

—Digo que es una vergüenza —exclamó, levantando la voz . Es una vergüenza que un hombre joven, fuerte y sano como usted se atreva a mendigar. En mi casa le darán de comer, pero no espere ni un penique.

Estaba pasando un carro, conducido por un hombre joven que alzó el látigo para saludar al pescador. Cuando hubo desaparecido, cogió su caña.

—Aquélla es mi casa —dijo, señalando hacia una verja blanca a unos cien metros de distancia—. Espere cinco minutos y después entre por la puerta trasera. —Y sin más palabras, se alejó.

Hice lo que me habían ordenado. Encontré una bonita casa con un césped que descendía hasta el riachuelo, y un sendero bordeado de sauquillos y lilas. La puerta trasera estaba abierta, y un severo mayordomo me aguardaba en el umbral.

—Venga por aquí, señor —dijo, y me condujo por un pasillo y una escalera de caracol hasta el dormitorio con vistas al río. Allí encontré un guardarropa completo dispuesto para mí: ropa de etiqueta, un traje de franela marrón, camisas, cuellos, corbatas, útiles de afeitar, cepillos para el cabello e incluso un par de relucientes zapatos—. Sir Walter ha pensado que las cosas del señor Reggie le irían bien, señor —dijo el criado—. Viene todos los fines de semana, y tiene algo de ropa aquí. Si desea bañarse, señor, le he preparado un baño caliente. La cena se servirá dentro de media hora. Ya oirá el gong.

El severo criado se retiró, y yo me senté en una butaca tapizada de chintz para recobrarme de la sorpresa. Era como una pantomima; pasar repentinamente de la pobreza a este ordenado desahogo. Evidentemente sir Walter creía en mí, aunque no pude adivinar por qué. Me miré al espejo, y vi a un moreno individuo, descuidado y ojeroso, con una barba de quince días y polvo en las orejas y los ojos, sin cuello, con una camisa vulgar, un raído traje de tweed y unas botas que necesitaban una limpieza con urgencia. Tenía el aspecto de un vagabundo, y acababa de ser introducido por un estirado mayordomo en este templo de acogedora opulencia.

Y lo mejor de todo era que ni siquiera sabían mi nombre.

Decidí no romperme la cabeza y tomar los dones que los dioses me habían otorgado. Me afeité, me bañé y me puse la ropa limpia, que no me sentaba tan mal.

Cuando hube terminado, el espejo me devolvió la imagen de un hombre aseado y bien vestido.

Sir Walter me esperaba en un comedor donde una pequeña mesa redonda estaba iluminada por candelabros de plata. Al verle —tan respetable y seguro, la personificación de la ley y el Gobierno y todos los convencionalismos— me desconcerté y me sentí como un intruso. No podía saber la verdad acerca de mí, porque entonces no me trataría de este modo. Pensé que no sería honrado aceptar su hospitalidad bajo una apariencia engañosa.

—Le estoy más agradecido de lo que puedo expresar, pero debo aclarar las cosas —dije—. Soy inocente, pero la policía me está buscando. Tenía que decírselo y no me sorprenderé si me echa de su casa.

Él sonrió.

—Me parece muy bien. No deje que eso le quite el apetito. Podemos hablar de todo después de cenar.

Jamás había comido con tal fruición, pues no había tomado más que un par de bocadillos en el tren a lo largo de todo el día. Sir Walter me agasajó, pues bebimos un buen champaña y después tomamos un oporto excelente. Estuve a punto de echarme a reír al verme allí sentado, servido por un lacayo y un estirado mayordomo, y acordarme de que había vivido como un bandido, perseguido por todos, durante tres semanas. Hablé a sir Walter de las pirañas del Zambesi, que te arrancarían los dedos de un mordisco si les dieras la ocasión, y charlamos de caza, pues él había sido un gran aficionado.

Tomamos el café en su estudio, una acogedora habitación llena de libros y trofeos, desorden y comodidades. Tomé la decisión de que si algún día me libraba de este asunto y tenía una casa propia, crearía una estancia igual que aquélla. Cuando hubimos terminado el café y encendido los cigarros, mi anfitrión apoyó sus largas piernas encima del brazo de su butaca y me pidió que iniciara mi relato.

—He obedecido las instrucciones de Harry —dijo—, y el soborno que me ofreció fue que usted me diría algo digno de oírse. Estoy preparado, señor Hannay.

Me sobresalté al oír que me llamaba por mi nombre verdadero.

Empecé por el principio. Le hablé de mi aburrimiento en Londres, y de la noche que había encontrado a Scudder frente a la puerta de mi piso. Le repetí lo que Scudder me había contado sobre Karolides y la conferencia del Ministerio de Asuntos Exteriores, y eso le hizo fruncir los labios y sonreír.

Después llegué al asesinato, y volvió a ponerse serio. Escuchó atentamente la historia del lechero y el relato de mi estancia en Galloway y de las horas que había pasado descifrando las notas de Scudder en la posada.

—¿Las tiene aquí? —preguntó vivamente, y lanzó un profundo suspiro cuando extraje la agenda del bolsillo.

No dije nada sobre su contenido. A continuación describí mi encuentro con sir Harry, y los discursos políticos. Se echó a reír estrepitosamente.

—Harry no debió decir más que tonterías, ¿verdad? No me extraña. Es muy buena persona, pero el idiota de su tío le ha llenado la cabeza de quimeras. Continúe, señor Hannay.

Mi día como picapedrero le excitó un poco. Me hizo describir con todo detalle a los dos hombres del coche, y pareció rebuscar en su memoria. Volvió a alegrarse cuando le relaté mi encuentro con el necio de Jopley.

Pero el anciano de la casa del páramo le hizo fruncir el ceño. También tuve que describírselo con todo detalle.

—Imperturbable y calvo, y parpadeaba como un pájaro… ¡Igual que un ave de rapiña! Y usted dinamitó su casa, después de que él le salvara de la policía. ¡No está mal!

Finalmente, llegué al término de mi relato. Se levantó con lentitud y me miró desde la chimenea.

—Puede olvidarse de la policía —dijo—. No tiene nada que temer por parte de la ley.

—¡Válgame Dios! —exclamé—. ¿Han encontrado al asesino?

—No. Pero hace quince días le borraron de la lista de sospechosos.

—¿Por qué? —pregunté con estupefacción.

—Principalmente porque recibí una carta de Scudder. Le conocía, y había trabajado para mí. Era medio loco, medio genio, pero honrado a carta cabal. Lo malo de él fue su empeño en querer actuar solo. Eso impidió que nos fuera de utilidad en el servicio secreto... una lástima, porque estaba excepcionalmente dotado. Creo que era el hombre más valiente de este mundo, porque siempre temblaba de miedo, y a pesar de ello nada le hacía desistir de su empeño. El treinta y uno de mayo recibí una carta suya.

—Pero entonces ya hacía una semana que estaba muerto.

—La carta fue escrita y echada al correo el día veintitrés. Al parecer, no temía un fallecimiento inmediato. Sus comunicaciones solían tardar una semana en llegarme, porque primero eran enviadas a España y después a Newcastle. Estaba obsesionado por ocultar sus huellas.

—¿Qué decía? —balbuceé.

—Nada. Únicamente que se hallaba en peligro, pero que había encontrado refugio en casa de un buen amigo, y que recibiría noticias suyas antes del quince de junio. No me daba ninguna dirección, pero decía que vivía cerca de Portland Place. Creo que su propósito era librarle a usted de toda sospecha si ocurría algo. Cuando la recibí fui a Scotland Yard, revisé la transcripción de la encuesta judicial, y comprendí que usted era el amigo. Hicimos averiguaciones sobre usted, señor Hannay, y llegamos a la conclusión de que era un hombre respetable. Adiviné los motivos de su desaparición, no sólo la policía, sino también los otros, y cuando recibí la nota de Harry adiviné el resto. Le estoy esperando desde hace una semana.

Pueden imaginarse el peso que todo esto me quitó de encima. Volví a sentirme un hombre libre, pues ahora sólo debería enfrentarme a los enemigos de mi país, no a la ley de mi país.

—Ahora echemos una hojeada a esa agenda —sugirió sir Walter.

Tardamos más de una hora en terminar. Le expliqué la clave, y él la captó con facilidad. Corrigió mi interpretación en varios puntos, pero en conjunto había sido correcta. Tenía una expresión solemne en el rostro cuando terminamos, y guardó silencio unos momentos.

—No sé qué pensar —dijo al fin—. Tiene razón en una cosa: lo que ocurrirá pasado mañana. ¿Cómo diablos ha podido saberse? Es horrible. Pero todo esto de la guerra y la «Piedra Negra» aún es peor, parece un melodrama. ¡Ojalá hubiese tenido más confianza en el criterio de Scudder! Lo malo de él es que era demasiado romántico. Tenía un temperamento artístico, y quería que todo fuese mejor de lo que Dios lo hizo. Además, se dejaba llevar por toda clase de prejuicios. Los judíos, por ejemplo, le hacían perder los estribos. Los judíos y las altas finanzas.

»"La piedra Negra" —repitió—. Der Schwarzestein. Es como una novela barata. ¡Y todas esas tonterías acerca de Karolides! Ésta es la parte más inconsistente de la historia, porque lo más probable es que el virtuoso Karolides nos sobreviva a los dos. Ni un solo estado europeo desea verle muerto. Además, últimamente se ha dedicado a adular a Berlín y Viena, y ha hecho pasar momentos muy difíciles a mi jefe. ¡No! En esto, Scudder se equivocó. Francamente, Hannay, no creo esta parte de la historia. Se está preparando un asunto muy feo y él averiguó demasiado y perdió la vida a causa de ello. Sin embargo, éste es el riesgo que corren todos los espías. Una cierta potencia europea hace un pasatiempo de su sistema de espionaje, y sus métodos no son demasiado particulares. Como paga por trabajo a destajo, sus componentes no se detienen ante uno o dos asesinatos. Quieren tener nuestros planes navales para su colección del Marinamt; pero no los conseguirán.

En ese momento el mayordomo entró en la habitación.

—Una llamada de Londres, sir Walter. Es el señor Eath, y quiere hablar personalmente con usted.

Mi anfitrión salió a hablar por teléfono.

Volvió a los cinco minutos con la cara lívida.

—Lamento lo que he dicho de Scudder —declaró—. Karolides ha sido asesinado esta misma tarde, unos minutos después de las siete.

8. La llegada de la «Piedra Negra»

Cuando a la mañana siguiente bajé a desayunar, tras dormir ocho horas seguidas, encontré a sir Walter descifrando un telegrama entre bollos y mermeladas. Su alegría del día anterior parecía haberse desvanecido por completo.

—Ayer me pasé una hora al teléfono después de que usted se fuera a acostar —dijo—. Encargué a mi jefe que hablara con el primer lord y el ministro de la Guerra, y traerán a Royer un día antes. Este telegrama lo confirma. Estará en Londres a las cinco. Es extraño que la palabra clave equivalente a souschef d'etat major-general sea «puerco».

Me indicó cuáles eran los platos calientes y prosiguió:

—No es que piense que vaya a servir de mucho. Si sus amigos fueron lo bastante listos para averiguar la fecha de la primera cita, lo serán para descubrir el cambio. Me gustaría saber dónde está la filtración. Creíamos que en Inglaterra sólo había cinco hombres enterados de la visita de Royer, y puede estar seguro de que en Francia hay menos, pues allí son incluso más cautelosos en estas cosas.

Continuó hablando mientras desayunábamos, sorprendiéndome al hacerme objeto de sus confidencias.

—¿No pueden cambiarse las disposiciones? —pregunté.

—Podrían cambiarse —dijo—, pero queremos evitarlo siempre que sea posible. Son el resultado de larguísimos estudios, y ninguna alternativa sería tan buena. Además, hay uno o dos puntos en los que no se puede hacer ningún cambio. Sin embargo, supongo que si fuera absolutamente necesario, podría hacerse alguna cosa. Pero no resultaría fácil, Hannay. Nuestros enemigos no serán tan tontos como para arrebatar el maletín a Royer o algo por el estilo. Saben que eso nos pondría en guardia. Su propósito es obtener los detalles sin que ninguno de nosotros lo sepa, de modo que Royer regrese a París creyendo que el asunto sigue siendo un secreto. Si no pueden hacerlo así habrán fracasado, porque en el caso de que nosotros sospechemos saben que cambiaremos todos los planes.

—Entonces no podemos separarnos del francés ni un solo momento hasta que regrese a su país —dije—. Si creyeran que pueden obtener la información en París, no lo intentarían aquí. Deben tener en Londres un plan lo bastante bueno para considerarlo factible.

—Royer cena con mi jefe, y después irá a mi casa para entrevistarse con cuatro hombres: Whittaker del Almirantazgo, yo, sir Arthur Drew y el general Winstanley. El primer lord está enfermo, y ha ido a Sheringhan. En mi casa recibirá cierto documento de manos de Whittaker, y después será llevado en coche a Portsmouth, donde un destructor le conducirá a El Havre. Su viaje es demasiado importante para que tome el barco de línea. No le dejaremos solo ni un momento hasta que se halle en suelo francés. Igual que a Whittaker hasta que se reúna con Royer. Es todo lo que podemos hacer, y no creo que pueda producirse algún fallo. De todos modos, estoy muy nervioso. El asesinato de Karolides provocará un verdadero alboroto en todas las cancillerías europeas.

Después de desayunar me preguntó si sabía conducir.

—Bueno, hoy me hará de chófer y se pondrá el uniforme de Hudson. Son aproximadamente de la misma estatura. Usted está metido en este asunto y no podemos correr ningún riesgo. Nos enfrentamos con hombres desesperados, que no respetarán la casa de campo de un funcionario gubernamental.

Al llegar a Londres había comprado un coche y me había distraído viajando por el sur de Inglaterra, de modo que conocía algo de su geografía. Llevé a sir Walter a la ciudad por la carretera de Bath y me desenvolví bastante bien. Era una cálida mañana de junio, y resultó delicioso atravesar las pequeñas ciudades con sus calles recién regadas, y los jardines del valle del Támesis. Dejé a sir Walter en su casa de Queen Anne's Gate a las once en punto. El mayordomo vendría en tren con el equipaje.

Lo primero que hizo fue acompañarme a Scotland Yard. Allí se entrevistó con un caballero de aspecto estirado y cara de abogado.

—Le he traído al asesino de Portland Place —dijo sir Walter a modo de presentación.

La respuesta fue una sonrisa irónica.

—Habría sido un buen regalo, Bullivant. Supongo que éste es el señor Richard Hannay, por el que mi departamento ha estado muy interesado durante unos días.

—El señor Hannay volverá a interesarle. Tiene muchas cosas que contarle, pero no hoy. Por motivos muy graves, su relato tendrá que esperar veinticuatro horas. Después le prometo que le hará sentirse asombrado y posiblemente edificado. Quiero que asegure al señor Hannay que no tiene nada que temer.

El caballero de Scotland Yard así lo hizo.

—Puede reanudar su vida allí donde la dejó —manifestó—. Su piso, que probablemente no deseará volver a ocupar, le está esperando, y su criado sigue allí. Como nunca ha sido acusado públicamente, consideramos que no era necesaria una exculpación pública. Sin embargo, haremos lo que usted desee.

—Es posible que más tarde necesitemos su ayuda, MacGillivray —dijo sir Walter cuando nos marchábamos.

Después me dejó en libertad de hacer lo que quisiera.

—Vaya a verme mañana, Hannay. No necesito recomendarle el más absoluto silencio. Si estuviera en su lugar me metería en la cama, pues supongo que debe tener mucho sueño atrasado. Manténgase oculto, porque si uno de nuestros amigos de la «Piedra Negra» llegase a verle, podría tener problemas.

Me sentí curiosamente ocioso. Al principio me alegré de volver a ser un hombre libre y poder ir adonde quisiera sin nada que temer. Sólo había estado un mes al margen de la ley, y para mí resultó más que suficiente. Fui al Savoy, pedí el almuerzo más exquisito de la carta, y después me fumé el mejor cigarro que la casa pudo proporcionarme. Pero seguía sintiéndome nervioso. Cuando alguien me miraba, no podía dejar de preguntarme si pensaba en el asesinato.

Después tomé un taxi y me hice llevar muchos kilómetros hacia el norte de Londres. Regresé paseando a través de campos e hileras de villas y terrazas, y luego por barrios y callejuelas, y tardé casi dos horas. Mientras tanto, mi inquietud iba en aumento. Intuía que grandes cosas, cosas importantes, estaban ocurriendo o a punto de ocurrir, y que yo, que era el eje de todo el asunto, había sido excluido de él. Royer estaría llegando a Dover, sir Walter haciendo planes con las pocas personas que conocían el secreto en Inglaterra, y la «Piedra Negra» estaría trabajando en la clandestinidad. Intuí el peligro y una calamidad inminente, y también tuve la curiosa sensación de que sólo yo podría impedir que se produjese. Pero ahora estaba fuera del juego. ¿Cómo iba a ser de otro modo? No era probable que los ministros del Gobierno, los lords del Almirantazgo y los generales me admitieran en sus reuniones.

Empecé a desear toparme con uno de mis tres enemigos. Esto precipitaría los acontecimientos. Deseaba con toda mi alma tener una vulgar pelea con esa gente, en la que pudiese golpear y destrozar algo. Me estaba poniendo rápidamente de muy mal humor.

No tenía ganas de volver a mi piso. Algún día debería hacerlo, pero aún tenía dinero suficiente y decidí pasar la noche en un hotel.

Mi irritación persistió a lo largo de la cena, que tomé en un restaurante de Jermyn Street. Ya no tenía hambre, y dejé varios platos sin tocar. Bebí la mayor parte de una botella de vino de Borgoña, pero no me sentí más alegre. Una inquietud abominable se había adueñado de mí. Allí estaba yo, un hombre normal y corriente, sin una inteligencia extraordinaria, pero convencido de que era necesario en algún sentido para llevar a buen término aquel asunto, de que sin mí todo sería un desastre. Me dije a mí mismo que era una presunción absurda, que cuatro o cinco personas muy inteligentes, con todo el poder del Imperio británico a sus espaldas, se ocupaban del trabajo. Sin embargo, no logré convencerme. Parecía que una voz me hablaba al oído, diciéndome que me apresurase o jamás volvería a dormir.

El resultado fue que hacia las nueve y media decidí ir a Queen Anne's Gate. Lo más probable era que no me admitiesen, pero tenía que intentarlo.

Bajé por Jermyn Street, y en la esquina de Duke Street me crucé con un grupo de hombres jóvenes. Iban elegantemente vestidos, habían cenado en algún sitio y se dirigían a un teatro de variedades. Uno de ellos era el señor Marmaduke Jopley.

Me vio y se detuvo en seco.

—¡Santo Dios, el asesino! —exclamó—. ¡Aquí, muchachos, sujetadle! ¡Es Hannay, el asesino de Portland Place! —Me agarró del brazo, y los demás se apresuraron a rodearme.

Mi intención no era meterme en ningún lío, pero mi malhumor me jugó una mala pasada. En aquel momento se acercó un policía, y yo debería haberle dicho la verdad y, si no me creía, pedirle que me llevara a Scotland Yard, o a la comisaría de policía más cercana. Pero en aquellos instantes un retraso me pareció insoportable, y la visión de la cara de Marmie fue más de lo que pude resistir. Le di un puñetazo, y tuve la satisfacción de verle caer cuan largo era.

Entonces comenzó una terrible pelea. Todos se abalanzaron contra mí, y el policía me atacó por la espalda. Propiné uno o dos golpes buenos, y creo que, jugando limpio, les habría vencido a todos, pero el policía me agarró por detrás, y uno de ellos me rodeó el cuello con un brazo.

A través de una nube de rabia, oí preguntar al oficial de la ley qué ocurría, y a Marmie declarar entre sus dientes rotos que yo era Hannay, el asesino.

—¡Oh, maldito sea! —exclamé—. Haga callar a ese tipo. Le aconsejo que me deje en paz, agente. Scotland Yard sabe a qué atenerse respecto a mí, y le darán un rapapolvo si se cruza en mi camino.

—Tiene que venir conmigo, joven —dijo el policía—. Le he visto golpear a este caballero. Usted ha empezado, porque él no hacía nada. Le he visto. Será mejor que me acompañe de buen grado o tendré que ponerle las esposas.

La exasperación y el convencimiento de que no debía retrasarme a ningún precio me dieron la fuerza de un elefante. Casi levanté por los aires al agente, derribé al hombre que me tenía agarrado por el cuello y eché a correr por Duke Street. Oí un silbato y veloces pisadas tras de mí.

Siempre he sido un corredor muy rápido, y aquella noche tenía alas en los pies. En un instante estuve en Pall Mall y giré hacia St. Jame's Park. Esquivé al policía que montaba guardia a las puertas del palacio, pasé entre los numerosos coches que había en la entrada del Mall y me dirigí hacia el puente antes de que mis perseguidores hubieran cruzado la calle. Al llegar al parque redoblé mis esfuerzos. Afortunadamente, no había mucha gente por los alrededores y nadie trató de detenerme. Mi meta era llegar cuanto antes a Queen Anne's Gate.

Cuando entré en aquella tranquila calle me pareció desierta. La casa de sir Walter estaba en la parte estrecha, y frente a ella había tres o cuatro coches aparcados. Aminoré la velocidad y subí los escalones que conducían a la puerta. Si el mayordomo me negaba la entrada, o incluso, si se tardaba en abrir, estaba perdido. No tardó en abrir el mayordomo. Apenas había llamado cuando la puerta se abrió.

—He de ver a sir Walter —jadeé—. Mi asunto es desesperadamente importante.

Sin mover un solo músculo terminó de abrir la puerta, y después la cerró tras de mí.

—Sir Walter está ocupado, señor, y he recibido órdenes de no dejar pasar a nadie. Tenga la bondad de esperar.

La casa era de estilo antiguo, con un amplio vestíbulo y habitaciones a ambos lados de él. Al fondo había un nicho con un teléfono y un par de sillas, y el mayordomo me indicó que tomara asiento allí.

—Escuche —susurré—. Hay problemas y yo estoy metido en ellos. Pero sir Walter lo sabe, y trabajo para él. Si viene alguien preguntando por mí, dígale una mentira.

Él asintió, y en aquel momento se oyeron unas voces en la calle y unos furiosos golpes en la puerta.

Nunca he admirado tanto a un hombre como a aquel mayordomo. Abrió la puerta, y con la cara impasible esperó que le interrogaran. Después les contestó. Les dijo a quién pertenecía la casa y cuáles eran sus órdenes, y les impidió la entrada. Yo lo vi todo desde mi nicho, y fue mejor que cualquier obra de teatro.

No había esperado mucho cuando volvieron a llamar a la puerta. El mayordomo no puso ningún reparo a la entrada de este nuevo visitante.

Mientras se quitaba el abrigo vi quién era. No podías abrir un periódico o una revista sin ver aquella cara: la barba gris cortada en línea recta, la boca de luchador nato, la nariz cuadrada y los penetrantes ojos azules. Reconocí al primer lord del Almirantazgo, el hombre que, según decían, había hecho la nueva Marina de guerra británica.

Pasó de largo frente a mi nicho y fue introducido en una habitación situada al fondo del vestíbulo. Cuando se abrió la puerta oí el sonido de una conversación en voz baja. Se cerró, y volvió a reinar el silencio.

Permanecí veinte minutos allí, preguntándome qué haría después. Seguía estando convencido de que se me necesitaba, pero no tenía ni idea de cuándo o cómo. Consulté varias veces mi reloj, y cuando dieron las diez y media empecé a pensar que la conferencia terminaría pronto. Al cabo de un cuarto de hora Royer se hallaría de camino hacia Portsmouth…

Entonces oí un timbre, y el mayordomo hizo su aparición. La puerta de la habitación del fondo se abrió, y el primer lord del Almirantazgo salió del vestíbulo.

Pasó ante mí, y entonces miró en mi dirección, y durante un segundo nuestras miradas se cruzaron.

Sólo fue un segundo, pero bastó para que el corazón me diera un vuelco. Nunca había visto al gran hombre con anterioridad, y él tampoco me había visto a mí. Sin embargo, en esa fracción de tiempo algo se reflejó en sus ojos, y ese algo fue el reconocimiento. No puedes confundirlo. Es un destello, una chispa, una diferencia casi imperceptible que significa una cosa y sólo una cosa. Se produjo involuntariamente, pues se apagó casi en seguida, y él siguió adelante. Confuso y estupefacto, oí que la puerta de la calle se cerraba tras él.

Cogí la guía telefónica y busqué el número de su casa.

Nos comunicaron en seguida, y oí la voz de un criado.

—¿Está su señoría en casa? —pregunté.

—Su señoría ha regresado hace media hora —dijo la voz—, y se ha acostado. Esta noche no se encuentra muy bien. ¿Desea dejar algún recado, señor?

Colgué y estuve a punto de tropezar con una silla. Mi participación en este asunto aún no había terminado. Afortunadamente, había intervenido a tiempo.

No podía perder ni un momento, de modo que me dirigí hacia la puerta de la habitación del fondo y entré sin llamar.

Cinco caras sorprendidas alzaron los ojos de una mesa redonda. Estaban sir Walter y Drew, el ministro de la Guerra, al que conocía por fotografías. Había un anciano delgado, que probablemente era Whittaker, un alto funcionario del Almirantazgo, y también vi al general Winstanley, identificable por la larga cicatriz de la frente. Por último, había un hombre bajo y corpulento con un bigote gris y pobladas cejas, que se había interrumpido en mitad de una frase.

La cara de sir Walter reflejó sorpresa y fastidio.

—Éste es el señor Hannay, de quien les he hablado —dijo a los reunidos —. Me temo, Hannay, que su visita sea muy inoportuna.

Yo había empezado a recobrar la sangre fría.

—Eso está por ver, señor —dije—, pero creo que no puede ser más oportuna. Por el amor de Dios, caballeros, ¿quieren decirme quién era el hombre que acaba de marcharse?

—Lord Alloa —dijo sir Walter, rojo de ira.

—No lo era —exclamé yo—; es su viva imagen, pero no era lord Alloa. Era alguien que me ha reconocido, alguien al que he visto durante este último mes. Acababa de salir cuando he llamado a casa de lord Alloa y me han dicho que había regresado media hora antes y se había acostado.

—¿Quién… quién…? —tartamudeó alguien.

—«La Piedra Negra» —exclamé yo. Me senté en una silla recién desocupada y miré a los cinco asustados caballeros que me rodeaban.

9. Los treinta y nueve escalones

—¡Tonterías! —exclamó el funcionario del Almirantazgo.

Sir Walter se levantó y salió de la habitación mientras nosotros clavábamos los ojos en la mesa.

Volvió a los diez minutos con cara de preocupación.

—He hablado con Alloa —dijo—. Se ha levantado de la cama... de muy mal humor. Ha ido directamente a su casa después de la cena de Mulross.

—Pero es una locura —declaró el general Winstanley—. ¿Pretende decirme que ese hombre se ha introducido aquí y ha estado sentado a mi lado durante casi media hora sin que yo me diera cuenta de la impostura? Alloa no debía estar en sus cabales.

—¿No les parece ingenioso? —dije yo—. Ustedes estaban demasiado interesados en otras cosas para fijarse en nada. No se les ha ocurrido pensar que lord Alloa pudiera ser otra persona. Si hubiese sido algún otro quizá le habrían observado mejor, pero era natural que él estuviese aquí, y eso les ha adormecido a todos.

Entonces habló el francés, muy lentamente, y en un inglés perfecto.

—¡El joven tiene razón! Su intuición es muy buena. ¡Nuestros enemigos son muy astutos!

Frunció las cejas y prosiguió:

—Voy a contarles una historia —dijo—. Sucedió hace muchos años en Senegal. Yo estaba destinado en un puesto muy remoto, y solía ir a pescar grandes barbos al río para distraerme un poco. Llevaba la cesta del almuerzo a lomos de una pequeña burra árabe, de esa raza parda que antes había en Tombuctú. Pues bien, una mañana estaba pescando y la burra se hallaba inexplicablemente inquieta. La oí rebuznar y dar coces, y traté de calmarla con la voz mientras seguía concentrado en la pesca. La veía por el rabillo del ojo, atada a un árbol a veinte metros de distancia. Al cabo de un par de horas empecé a tener hambre. Metí los peces en una bolsa de lona, y eché a andar por la orilla del río hacia donde estaba la burra, arrastrando la caña. Cuando llegué junto a ella tiré la bolsa sobre su lomo...

Hizo una pequeña pausa y miró a su alrededor.

—Fue el olor lo que me puso sobre aviso. Volví la cabeza y vi a un león a tres pasos de… Un viejo antropófago que era el terror del poblado… Lo que quedaba de la burra, una masa de sangre, huesos y pelaje, estaba detrás de él.

—¿Qué ocurrió? —pregunté. Había cazado lo bastante para reconocer una historia verdadera cuando la oía.

—Le metí la caña de pescar en la boca, y también llevaba una pistola. Además, mis criados llegaron con rifles en aquel momento. Pero dejó su marca sobre mí —alzó una mano a la que faltaban tres dedos.

»Tengan en cuenta —dijo— que la burra había muerto más de una hora antes, y la bestia había estado observándome pacientemente desde entonces. No vi cómo la devoraba, pues no hice caso de su inquietud y no reparé en su ausencia, porque mi mente la identificaba con algo pardo, y el león lo era. Si yo pude equivocarme así, caballeros, en un lugar donde los sentidos del hombre son tan penetrantes, ¿por qué nosotros, ocupadas personas de la ciudad, no íbamos a fallar también?

Sir Walter asintió. Nadie estaba dispuesto a contradecirle.

—No acabo de entenderlo —prosiguió Winstanley—. Su objetivo era averiguar estas disposiciones sin que nosotros lo supiésemos. Sin embargo, bastaba con que uno de nosotros mencionara la reunión de esta noche a Alloa para que todo el fraude quedara al descubierto.

Sir Walter se rio secamente.

—La elección de Alloa demuestra su perspicacia. ¿Cuál de nosotros iba a hablarle de esta noche? ¿Acaso es probable que él abordara el tema?

Recordé los comentarios sobre la taciturnidad y el mal genio de que hacía gala el primer lord del Almirantazgo.

—Lo único que me desconcierta —dijo el general— es de qué le servirá a este espía su visita aquí. No ha podido llevarse varias páginas de cifras y nombres raros en la cabeza.

—Eso no es difícil —replicó el francés—. Un buen espía está adiestrado para tener memoria fotográfica. Como nuestro propio Macaulay. Habrán observado que no ha dicho nada, pero ha mirado estos papeles una y otra vez. Creo que podemos suponer que ha grabado en su mente hasta el último detalle. Cuando era joven, yo podía hacer lo mismo.

—Bueno, me parece que no hay más remedio que cambiar los planes —dijo tristemente sir Walter.

Whittaker parecía muy melancólico.

—¿Has explicado a lord Alloa lo que ha sucedido? —preguntó—. ¿No?

Bueno, no puedo hablar con absoluta seguridad, pero estoy casi seguro de que no podemos hacer ningún cambio importante sin alterar la geografía de Inglaterra.

—Hay que añadir otra cosa —dijo Royer—. Yo he hablado libremente cuando ese hombre estaba aquí. He revelado algunos planes militares de mi Gobierno. Podía revelarlos, pero esta información vale muchos millones para nuestros enemigos. No, amigos míos, no veo otro remedio. El hombre que ha venido aquí y sus cómplices deben ser atrapados, y atrapados inmediatamente.

—¡Santo Dios! —exclamé yo—. ¿Cómo vamos a hacerlo, si no tenemos ninguna pista?

—Además —dijo Whittaker—, está el correo. A estas horas la noticia ya estará en camino.

—No —replicó el francés—; usted no conoce las costumbres del espía. Recibe personalmente su recompensa, y entrega personalmente su información. En Francia sabemos algo de esa raza. Aún existe una posibilidad, mes amis. Estos hombres deben cruzar el mar, y hay barcos que registrar y puertos que vigilar. Créanme, la situación es desesperada tanto para Francia como para Gran Bretaña.

El grave sentido común de Royer pareció devolverles la serenidad. Era el hombre de acción entre chapuceros. Sin embargo, no vi esperanza en ninguna cara, y yo tampoco la tenía. ¿Cómo era posible que entre cincuenta millones de islas y doce horas encontráramos a tres de los malhechores más listos de Europa?

De repente tuve una inspiración.

—¿Dónde está la agenda de Scudder? —pregunté a sir Walter—. Deprisa, hombre, recuerdo algo de lo que ponía.

Abrió el cajón de un escritorio cerrado con llave y me la dio.

Encontré el lugar.

—Treinta y nueve escalones —leí, y de nuevo—: Treinta y nueve escalones… Los conté… Marea alta, 10.17 p.m.

El hombre del Almirantazgo me estaba mirando como si pensara que me había vuelto loco.

—¿No ven que es una pista? —grité—. Scudder sabía dónde tenían su madriguera; sabía por dónde abandonarían el país, aunque mantuvo el nombre en secreto. Mañana era el día, y era en algún sitio donde la marea sube a las diez y diecisiete minutos.

—Es posible que esta noche ya se hayan ido —dijo alguien.

—No. Tienen sus medios secretos, y no se apresurarán. Conozco a los alemanes, y les encanta seguir los planes previstos. ¿Dónde demonios puedo conseguir un horario de las mareas?

Whittaker se animó.

—Es una posibilidad —dijo—. Vayamos al Almirantazgo.

Subimos a dos de los coches que aguardaban.

Todos menos sir Walter, que fue a Scotland Yard para «movilizar a MacGillivray» como él mismo dijo.

Pasamos por corredores vacíos y grandes estancias desnudas donde las asistentas aún estaban ocupadas, hasta llegar a una pequeña habitación llena de libros y mapas. Un empleado que vivía allí fue a buscar la tabla de mareas del Almirantazgo a la biblioteca. Me senté a la mesa mientras los demás me rodeaban, pues de uno u otro modo me había hecho cargo de esta expedición.

No sirvió de nada. Había centenares de nombres y, por lo que pude ver, las diez y diecisiete era un factor común a cincuenta sitios. Teníamos que encontrar el modo de reducir las posibilidades.

Apoyé la cabeza en las manos y reflexioné. Por fuerza tenía que haber un modo de interpretar este acertijo.

¿A qué se refería Scudder con esos escalones? Pensé en los escalones de un muelle, pero no creo que en este caso hubiera mencionado el número. Tenía que ser algún lugar donde hubiera varias escaleras, y una se diferenciase de las otras en el hecho de tener treinta y nueve escalones.

Entonces se me ocurrió una idea, y busqué todas las salidas de los vapores. Ningún barco zarpaba hacia el continente a las diez y diecisiete de la noche.

¿Por qué la marea alta era tan importante? Si se trataba de un puerto, debía ser algún lugar pequeño donde la marea importara, o bien un barco con mucho calado. Pero a aquella hora no zarpaba ningún vapor de línea, y de todos modos yo no creía que salieran en un gran barco de un puerto normal. Así pues, debía ser algún puerto pequeño donde la marea fuese importante, o quizá ni siquiera un puerto.

Pero si se trataba de un puerto pequeño no entendía qué significaban los escalones. No había puertos con toda una colección de escaleras. Tenía que ser un lugar al que identificara una escalera en particular, y donde la marea alta se produjese a las diez y diecisiete minutos. En conjunto me parecía que ese lugar debía ser un pedazo de costa abierta. Pero las escaleras seguían desconcertándome.

Después me lancé a consideraciones más amplias. ¿Desde dónde podía un hombre salir hacia Alemania, un hombre con prisas, que quería velocidad y un viaje secreto? Desde los grandes puertos, desde luego que no. El Canal, la costa oeste y Escocia estaban descartados, pues él se hallaba en Londres. Medí la distancia en el mapa, y traté de ponerme en el pellejo del enemigo. Iría a Ostende, a Amberes o Rotterdam, y zarparía de algún lugar de la costa este, entre Cromer y Dover.

Todo esto eran suposiciones muy dudosas, y de ningún modo ingeniosas o científicas. Yo no me parezco a Sherlock Holmes. Sin embargo, siempre he creído poseer cierto instinto para cuestiones así. No sé si me explico bien, pero solía utilizar el cerebro hasta donde podía y cuando tropezaba con un muro me dedicaba a suponer, y normalmente acertaba en mis suposiciones.

Por lo tanto, escribí mis conclusiones en un trozo de papel. Eran éstas,

BASTANTE SEGURO

(1) Lugar con varias escaleras; la que importa se distingue por tener treinta y nueve escalones.

(2) Marea alta a las diez y diecisiete minutos. Sólo es posible zarpar con marea alta.

(3) Escalones y no escalones del muelle, de modo que probablemente el lugar no sea un puerto.

(4) Ningún vapor nocturno de línea a las diez y diecisiete minutos. Los medios de transporte pueden ser carguero (improbable), yate o barco de pesca.

Aquí se detuvo mi cerebro. Hice otra lista, que encabecé con el título «Suposiciones», pero yo estaba tan seguro de una como de la otra.

SUPOSICIONES

(1) Lugar que no sea puerto sino costa abierta.

(2) Barco pequeño: chalupa, yate o lancha.

(3) Lugar de la costa este entre Cromer y Dover.

Me pareció extraño estar sentado a aquella mesa con un ministro del Gobierno, un mariscal de campo, dos altos funcionarios gubernamentales y un general francés a mi alrededor, observando cómo intentaba descubrir un secreto que significaba la vida o la muerte para nosotros a través de los garabatos de un hombre muerto.

Sir Walter se había reunido con nosotros, y MacGillivray llegó en ese momento. Había cursado instrucciones para que vigilaran los puertos y estaciones de ferrocarril en busca de los tres hombres que yo había descrito a sir Walter. No obstante, ni él ni nadie creía que esto sirviera de mucho.

—Esto es todo lo que se me ocurre —dije—. Tenemos que encontrar un sitio donde haya varias escaleras que bajen a la playa, una de las cuales tenga treinta y nueve escalones. Creo que es un trozo de costa con grandes acantilados, entre Cromer y el Canal. También es un lugar donde habrá marea alta a las diez y diecisiete minutos de mañana por la noche.

Entonces se me ocurrió una idea.

—¿No hay ningún inspector de la Guardia Costera o alguien así que conozca la costa este?

Whittaker dijo que sí, y que vivía en Clapham. Fueron a buscarle en un coche, y el resto de nosotros nos quedamos en la pequeña habitación y hablamos de todo lo que nos vino a la cabeza. Yo encendí la pipa y volví a repasarlo todo hasta que me cansé de tanto pensar.

Hacia la una de la madrugada llegó el hombre de los guardacostas. Era un individuo de cierta edad, con el aspecto de un oficial naval, y desesperadamente respetuoso con los presentes. Dejé que el ministro de la Guerra le interrogase, pues pensé que me consideraría un descarado si era yo quien hablaba.

—Queremos que nos diga los lugares de la costa este donde hay acantilados y varias escaleras que bajan a la playa.

Reflexionó unos momentos.

—¿A qué clase de escaleras se refiere, señor? Hay muchos sitios con acantilados en los que un camino baja a la playa, y la mayor parte de esos caminos tienen uno o dos escalones. ¿Se refiere a una escalera normal, toda de escalones, por así decirlo?

Sir Arthur me miró.

—Nos referimos a una escalera normal —contestó.

El hombre volvió a reflexionar unos momentos.

—No se me ocurre ninguno. Esperen un segundo. Hay un sitio en Norfolk, Brattlesham, junto a un campo de golf, donde hay un par de escaleras para que los caballeros recuperen las pelotas perdidas.

—No es éste —dije yo.

—También hay muchos paseos marítimos, si es que se refiere a eso. Todas las poblaciones costeras tienen uno.

Meneé la cabeza.

—Tiene que ser un lugar más solitario —dije.

—Bien, caballeros, no se me ocurre ningún otro sitio. Claro que está el Ruff...

—¿Qué es eso? —pregunté.

—Un cabo que hay en Kent, cerca de Bradgate. Hay muchas casas de veraneo en el borde del acantilado, y algunas de ellas tienen una escalera que baja a la playa. Es un lugar muy selecto, y los veraneantes llevan una vida muy retirada.

Abrí la tabla de mareas y busqué Bradgate. Estaba previsto que el quince de junio hubiese marea alta a las diez y diecisiete minutos de la noche.

—Al fin estamos sobre la pista —exclamé con excitación—. ¿Cómo puedo averiguar a qué hora llega la marea al Ruff?

—Yo mismo puedo decírselo, señor —repuso el guardacostas—. Una vez me prestaron una casa allí en este mes, y solía ir a pescar de noche. La marea llega diez minutos antes que a Bradgate.

Cerré el libro y miré a los hombres que me rodeaban.

—Si una de las escaleras tiene treinta y nueve escalones, habremos resuelto el misterio, caballeros —dije—. Quiero que me preste su coche, sir Walter, y un mapa de carreteras. Si el señor MacGillivray me concede diez minutos, creo que podemos preparar algo para mañana.

Era ridículo que yo asumiera el mando de este modo, pero a ellos no pareció importarles y, al fin y al cabo, yo había estado metido en el asunto desde el principio. Además, estaba acostumbrado a trabajos duros, y esos eminentes caballeros eran demasiados listos para no darse cuenta de ello. Fue el general Royer quien me encomendó la misión.

—Yo, por lo menos —dijo—, me alegro de dejar el asunto en manos del señor Hannay.

Hacia las tres y media circulaba a toda velocidad por las carretas de Kent, con el mejor hombre de MacGillivray sentado junto a mí.

10. Varios grupos convergen en el mar

Una mañana de junio rosa y azulada me sorprendió en Bradgate, alojado en el hotel Griffin, contemplando el tranquilo mar hasta el buque faro de los bajíos de Cock, que parecía tan pequeño como una boya. Un par de millas más al sur, y mucho más cerca de la costa, se hallaba anclado un destructor. Scaife, el ayudante de MacGillivray, que había estado en la Marina, conocía el barco, y me dijo su nombre y el de su comandante, de modo que envié un telegrama a sir Walter.

Después de desayunar Scaife fue a una agencia inmobiliaria y obtuvo la llave de las puertas que daban paso a las escaleras del Ruff. Le acompañé por la playa, y me senté en un entrante del acantilado mientras él investigaba la media docena que había. No quería que nadie me viese, pero a estas horas el lugar se hallaba desierto, y mientras estuve en la playa no vi más que gaviotas.

Tardó más de una hora en hacer el trabajo, y cuando le vi venir hacia mí examinando un pedazo de papel, puedo asegurarles que tenía el corazón en un puño. Como comprenderán, todo dependía de que mis suposiciones fueran correctas.

Leyó en voz alta el número de escalones de las distintas escaleras. «Treinta y cuatro, treinta y cinco, treinta y nueve, cuarenta y dos, cuarenta y siete y veintiuno» donde el acantilado se hacía más bajo. Estuve a punto de levantarme y dar un grito.

Regresamos apresuradamente a la ciudad y envié un telegrama a MacGillivray. Quería media docena de hombres, y les ordené que se repartieran entre los distintos hoteles. Después, Scaife se fue a explorar la casa que había en lo alto de los treinta y nueve escalones.

Volvió con noticias que me desconcertaron y tranquilizaron al mismo tiempo. La casa se llamaba Trafalgar Lodge y pertenecía a un anciano caballero llamado Appleton; un corredor de bolsa retirado, había dicho el agente de la inmobiliaria. El señor Appleton pasaba largas temporadas en la casa durante el verano, y ahora se encontraba allí, pues había llegado a principios de semana. Scaife pudo recoger muy pocos datos sobre él. Únicamente que era un buen hombre, que pagaba sus facturas con puntualidad y siempre estaba dispuesto a dar un generoso donativo para una obra de caridad local. Después Scaife llegó hasta la puerta trasera de la casa, haciéndose pasar por un vendedor de máquinas de coser. Sólo había tres criadas, una cocinera, una doncella y una mujer de limpieza, y eran de las que se encuentran en cualquier casa respetable de clase media. A la cocinera no le gustaba chismorrear, y le había cerrado la puerta en las narices, pero Scaife estaba seguro de que no sabía nada. Al lado había una casa nueva que podría constituir un buen puesto de observación y la villa del otro lado estaba en alquiler y tenía un jardín lleno de arbustos y maleza.

Pedí el telescopio a Scaife, y antes de almorzar fui a dar un paseo por el Ruff. Me mantuve detrás de la hilera de casas y encontré un buen punto de vigilancia en el límite del campo de golf. Desde allí veía la línea de césped que bordeaba el acantilado, con algún que otro banco, y los pequeños solares cuadrados, vallados y delimitados por arbustos, allí donde las escaleras descendían hacia la playa. Vi Trafalgar Lodge con toda claridad: una casa de ladrillos rojos con una terraza, una pista de tenis en la parte posterior, y delante un jardín lleno de margaritas y geranios. Había un asta de la que la enseña nacional colgaba fláccidamente en el aire tranquilo.

En aquel momento observé que alguien salía de la casa y echaba a andar por el borde del acantilado. Cuando le enfoqué vi que era el anciano, vestido con unos pantalones blancos de franela, una chaqueta de sarga azul y un sombrero de paja. Llevaba unos prismáticos y un periódico, y se sentó en uno de los bancos de hierro y empezó a leer. De vez en cuando dejaba el periódico y volvía los prismáticos hacia el mar. Contempló largo rato el destructor. Yo le observé durante media hora, hasta que se levantó y regresó a su casa para almorzar, momento en que yo volví al hotel para hacer lo mismo.

No me sentía muy confiado. Aquella casa tan normal y corriente no era lo que yo había esperado.

El hombre podía ser el arqueólogo calvo de la terrible granja de los páramos, y podía no serlo. Era como uno de esos viejos pájaros satisfechos que se ven en todos los barrios residenciales y lugares de veraneo. En caso de tener que escoger a un tipo de persona totalmente inofensiva, lo más probable era que hubiese elegido a ése.

Pero después de almorzar, mientras estaba sentado en el porche del hotel, me reanimé, pues vi lo que deseaba y había temido perderme. Un yate procedente del sur se acercó a la costa y echó anclas delante del Ruff. Debía pesar unas ciento cincuenta toneladas, y vi que pertenecía a la escuadra por la bandera blanca. Así pues, Scaife y yo bajamos al puerto y alquilamos una barca para una tarde de pesca.

Pasé una tarde distraída y apacible. Entre los dos pescamos unos diez kilos de bacalao, y desde el mar enfoqué las cosas con más optimismo. Encima de los blancos acantilados del Ruff se veían las manchas verdes y rojas de las casas, y especialmente el asta de la bandera de Trafalgar Lodge. Hacia las cuatro, cuando consideramos que habíamos pescado bastante, pedí al barquero que se aproximara al yate, posado sobre la mar como un delicado pájaro blanco, dispuesto a emprender el vuelo en cualquier momento. Scaife dijo que por la línea parecía un barco rápido, y que llevaba motores muy potentes.

Su nombre era Ariadne, como descubrí por la gorra de uno de los hombres que estaba limpiando los latones. Le hablé, y me contestó en el melodioso dialecto de Essex. Otro marinero me dio la hora en el inconfundible inglés de Inglaterra. Nuestro barquero habló del tiempo con uno de ellos, y durante unos minutos nos balanceamos junto a la proa del lado de estribor.

De repente los hombres dejaron de prestarnos atención y reanudaron sus tareas cuando vieron acercarse a un oficial. Era un joven de aspecto pulido y agradable, y nos preguntó en un inglés perfecto si habíamos tenido buena pesca. Sin embargo, no dejaba lugar a dudas. Su cabeza pelada al rape y el corte de su chaqueta y su corbata no eran ingleses.

Esto me tranquilizó un poco, pero mis persistentes dudas no desaparecieron durante el camino de regreso a Bradgate. Lo que me preocupaba era pensar que mis enemigos sabían que había obtenido mis informaciones de Scudder, y que fue Scudder quien me dio la pista para llegar a este lugar. Si sabían que Scudder tenía esta pista, ¿por qué no habían cambiado sus planes? Se jugaban demasiado para aventurarse a correr ningún riesgo. La cuestión era si sospechaban todo lo que Scudder sabía. La noche anterior había declarado confiadamente que los alemanes siempre seguían un plan fijado de antemano, pero si barruntaban que yo estaba sobre su pista serían tontos de no cambiarlo. Me pregunté si el hombre de la noche anterior se habría dado cuenta de que le había reconocido. Confiaba en que no. De todos modos, la situación nunca me había parecido tan difícil como aquella tarde, cuando lo lógico habría sido que estuviese seguro del éxito.

En el hotel conocí al comandante del destructor, que Scaife me presentó, y con el cual intercambié unas cuantas palabras. Después decidí ir a vigilar Trafalgar Lodge durante una o dos horas.

Encontré un lugar más arriba de la colina, en el jardín de una casa vacía. Desde allí veía perfectamente la pista de tenis, donde dos figuras jugaban un partido. Una de ellas era el viejo, al que ya había visto; la otra era un hombre más joven, que llevaba un pañuelo con los colores de un club alrededor de la cintura. Jugaban con visible placer, como dos habitantes de una gran ciudad que quisieran hacer ejercicio para abrir los poros. Habría sido imposible concebir un espectáculo más inocente. Gritaban y reían, e hicieron una pausa para beber cuando una doncella les llevó dos jarras de cerveza en una bandeja. Me froté los ojos y me pregunté a mí mismo si no era el mayor tonto de la Tierra. El misterio y la oscuridad habían envuelto a los hombres que me acosaron por los páramos de Escocia, y principalmente a aquel anticuario infernal. Era fácil relacionar a esas personas con el cuchillo que clavó a Scudder en el suelo, y con crueles designios para la paz mundial. Pero aquellas dos personas eran cándidos ciudadanos haciendo un ejercicio inocuo, que pronto entrarían en la casa para tomar una cena normal, durante la que hablarían de cotizaciones de Bolsa, de los últimos partidos de criquet y de los recientes acontecimientos de su ciudad natal. Yo había tendido una red para atrapar a buitres y halcones, y he aquí que sólo había cazado a dos inocentes tordos.

En aquel momento llegó una tercera persona, un hombre joven en bicicleta, con una bolsa de palos de golf colgada a la espalda. Fue a la pista de tenis y los jugadores le recibieron con vivas muestras de alegría. Evidentemente, se estaban burlando de él, y sus bromas parecían muy inglesas. Después, el hombre gordo, enjugándose la frente con un pañuelo de seda, anunció que iba a darse un baño.

Oí sus palabras con toda claridad.

—He sudado una barbaridad —dijo—. Esto me ayudará a rebajar peso, Bob. Mañana jugaremos unos cuantos hoyos y te daré una buena paliza. —No habría podido haber nada más inglés que esto.

Entraron en la casa, y yo me sentí como un verdadero idiota. Esta vez me había equivocado. Aquellos hombres podían estar fingiendo; pero, en este caso, ¿dónde estaba el público? Ellos no sabían que yo me hallaba sentado bajo un rododendro a treinta metros de distancia. Resultaba imposible creer que estos tres fuesen algo distinto de lo que aparentaban: tres ingleses de vacaciones, fastidiosos, tal vez, pero sórdidamente inocentes.

Y sin embargo eran tres; y uno era viejo, y el otro gordo, y el último delgado y moreno; y su casa coincidía con las notas de Scudder; y a media milla de distancia había un yate con un oficial alemán como mínimo. Pensé en el difunto Karolides, y en una Europa que estaba al borde de un terremoto, y en los hombres que había dejado en Londres y aguardaban ansiosamente los sucesos de las próximas horas. No había duda de que el desastre era inminente. La «Piedra Negra» había ganado, y si sobrevivía a esta noche de junio se embolsaría sus ganancias.

Al parecer sólo podía hacer una cosa: seguir adelante como si no tuviera ninguna duda, y si iba a ponerme en ridículo hacerlo a conciencia. Nunca en mi vida había acometido un trabajo de tan mala gana.

En aquel momento habría preferido entrar en una guarida de anarquistas, todos con una Browning a mano, o enfrentarme con un león hambriento, que entrar en aquel feliz hogar de tres alegres ingleses y decirles que su juego había terminado. ¡Cómo se reirían de mí!

Pero de repente me acordé de una cosa que el viejo Peter Pienaar me había dicho en Rodesia. Ya he citado antes a Peter en este relato. Era el mejor explorador que he conocido, y antes de volverse respetable había estado muy a menudo al margen de la ley. Peter habló una vez conmigo sobre la cuestión de los disfraces, y me explicó una teoría que me vino a la memoria en aquel momento. Dijo, desechando los factores seguros como las huellas digitales, que los simples rasgos físicos no eran suficientes para una identificación si el fugitivo sabía lo que se traía entre manos. Se burló de cosas como el pelo teñido y las barbas postizas y demás locuras infantiles. Lo único que importaba era lo que Peter llamaba «atmósfera».

Si un hombre se situaba en un ambiente totalmente distinto de aquel en el que había sido observado por primera vez, y —esto es lo importante— se integraba en este ambiente y actuaba como si nunca hubiese estado fuera de él, desconcertaría al mejor de los detectives.

Después me contó cómo una vez tomó prestada una chaqueta negra, fue a la iglesia y compartió el mismo libro de himnos con el hombre que le estaba buscando. Si ese hombre lo hubiese visto en un ambiente decente con anterioridad, le habría reconocido; pero sólo le había visto en una posada con un revólver.

Estos recuerdos de Peter me proporcionaron un gran consuelo. Peter había sido un tipo muy listo, y los hombres a los que yo me enfrentaba era unos expertos. ¿Y si estuvieran jugando al juego de Peter?

Un tonto procura cambiar de aspecto: un hombre listo tiene el mismo aspecto y es distinto.

También ahora recordé la máxima de Peter que me había ayudado cuando fui picapedrero. «Si interpretas un papel, nunca lo harás bien si no te convences de que eres realmente el personaje.» Esto explicaría el partido de tenis. Esos individuos no tenían necesidad de fingir: simplemente habían apretado un botón y habían pasado a llevar otra vida, que les resultaba tan natural como la primera. Parece una tontería, pero Peter solía decir que era el gran secreto de todos los malhechores famosos.

Iban a dar las ocho, de modo que regresé para dar instrucciones a Scaife. Le dije cómo debía colocar a sus hombres, y después me fui a dar un paseo, pues no tenía ganas de cenar. Di la vuelta al campo de golf y llegué a un lugar del acantilado situado al norte de la hilera de casas.

Por el camino crucé con gente que volvía de la playa y de jugar al tenis, y con un guardacostas de la oficina de telégrafos. Vi encenderse las luces del Ariadne y el destructor fondeado un poco más al sur, y más allá de los bajíos de Cock aparecieron las luces de los vapores que se dirigían al Támesis. Toda la escena era tan pacífica y normal que mi inseguridad fue en aumento. Tuve que hacer un verdadero esfuerzo para encaminarme hacia Trafalgar Lodge alrededor de las nueve y media.

Por el camino me consolé un poco al ver a un galgo que corría junto a una doncella. Me recordó al perro que yo tenía en Rodesia, y el día en que le llevé a cazar conmigo a las colinas Pali. Íbamos tras las huellas de una gacela, y ambos la perdimos tras seguirla durante un rato. Los lebreles se guían por la vista, y mis ojos son bastante penetrantes, pero el animal desapareció. Después averigüé cómo lo había logrado. Contra la roca gris de los cerros sudafricanos no destacaba más que un cuervo contra un nubarrón. No tuvo necesidad de correr; le bastó con permanecer inmóvil y confundirse con el fondo.

De repente, mientras todos estos recuerdos pasaban por mi cerebro, pensé en mi presente caso y apliqué la moraleja. La «Piedra Negra» no tenía necesidad de huir. Sus miembros estaban integrados en el paisaje. Me hallaba en el buen camino, por lo que grabé esta frase en mi mente y me juré no olvidarla. Peter Pienaar no podía equivocarse.

Los hombres de Scaife ya debían estar en sus puestos, pero no se veía ni un alma. La casa era claramente visible para todo el que quisiera observarla. Una barandilla de un metro la separaba de la carretera del acantilado; las ventanas de la planta baja estaban abiertas, y las luces y el sonido de voces revelaban dónde estaban terminando de cenar los ocupantes. Todo era tan público y ostensible como una colecta de caridad. Sintiéndome como el mayor tonto de la Tierra, abrí la puerta del jardín y toqué el timbre.

Un hombre de mi especie, que ha viajado por todo el mundo, se lleva a la perfección con dos clases, las que podríamos llamar alta y baja. Las comprende y ellas le comprenden a él. Yo me sentía muy a gusto con pastores, vagabundos y picapedreros, y me sentía bastante bien con personas como sir Walter y los hombres que había conocido la noche anterior. No sé explicar por qué, pero es un hecho. Sin embargo, lo que las personas como yo no pueden entender es el mundo cómodo y satisfecho de la clase media, la gente que vive en villas y suburbios. No sabe cuáles son sus opiniones, no entiende sus convencionalismos, y desconfía tanto de ellos como de una cobra negra. Cuando una impecable doncella me abrió la puerta, apenas pude pronunciar palabra.

Pregunté por el señor Appleton, y la doncella me franqueó la entrada. Mi plan era irrumpir en el comedor y, por medio de mi súbita aparición, despertar en los hombres aquella chispa de reconocimiento que confirmaría mi teoría. Pero cuando me vi en aquel vestíbulo no fui dueño de mí mismo. Allí estaban los palos de golf y las raquetas de tenis, las gorras y los sombreros de paja, las hileras de guantes y el haz de bastones que encuentras en diez mil hogares británicos. Un montón de abrigos cuidadosamente doblados cubría la superficie de una antigua cómoda de roble; había un gran reloj y algunos relucientes calentadores de latón en las paredes, además de un barómetro y un grabado de Chiltern ganando el St. Leger. El lugar era tan ortodoxo como una iglesia anglicana. Cuando la doncella me preguntó mi nombre se lo di automáticamente, y fui introducido en el salón de fumar, a la derecha del vestíbulo. Esa habitación era incluso peor. No tuve tiempo de examinarla, pero vi algunas fotografías de grupo en la repisa de la chimenea, y habría podido jurar que pertenecían a escuelas particulares o universidades inglesas. Sólo eché una ojeada, pues conseguí recobrar la sangre fría y seguí a la doncella. Pero llegué demasiado tarde. Ella ya había entrado en el comedor y dado mi nombre a su señor, y yo había perdido la oportunidad de ver la reacción de los tres al oírlo.

Cuando entré en la habitación, el anciano de la cabecera de la mesa se había levantado para recibirme.

Iba vestido de etiqueta —chaqueta corta y corbata negra—, igual que el otro, al que mentalmente llamé «el gordo». El tercero, el tipo moreno, llevaba un traje de sarga azul y un cuello blanco, y los colores de un club o un colegio.

La reacción del anciano fue perfecta.

—¿Señor Hannay? —dijo con un titubeo—. ¿Deseaba verme? Volveré en seguida, amigos. Será mejor que vayamos al salón de fumar.

Aunque no tenía ni un gramo de seguridad en mí mismo, me esforcé en seguir jugando la partida. Cogí una silla y me senté.

—Creo que ya nos conocemos —me apresuré a decir—, y supongo que ya sabe lo que quiero.

La luz era muy tenue, pero por lo que pude ver en sus caras, interpretaron muy bien el papel de desconcierto.

—Quizá, quizá —dijo el anciano—. No tengo muy buena memoria, pero me temo que debe revelarme el motivo de su visita, señor, porque no lo conozco.

—De acuerdo —repuse, mientras experimentaba la sensación de estar diciendo tonterías—. He venido para comunicarles que el juego ha terminado. Aquí tengo una orden de arresto contra ustedes tres, caballeros.

—¿Arresto? —repitió el anciano, y pareció verdaderamente trastornado—. ¡Arresto! Santo Dios, ¿por qué?

—Por el asesinato de Franklin Scudder, en Londres, el día veintitrés del mes pasado.

—Nunca había oído ese nombre —dijo el anciano con voz aturdida.

Entonces habló uno de los otros:

—Se refiere al asesinato de Portland Place. Lo leí en los periódicos. ¡Santo Cielo, usted debe estar loco, señor! ¿De dónde viene?

—De Scotland Yard —contesté.

Después de eso hubo un minuto de silencio absoluto. El anciano clavó los ojos en el plato y jugueteó con una nuez, como un modelo de inocente estupefacción.

Entonces habló el gordo. Tartamudeó un poco, como un hombre que escogiera sus palabras.

—No te pongas nervioso, tío —dijo—. Todo esto es una equivocación ridícula; pero esas cosas ocurren algunas veces, y podemos aclararlas fácilmente. No nos costará demostrar nuestra inocencia. Yo puedo demostrar que el veintitrés de mayo estaba fuera del país, y Bob se hallaba en una clínica. Tú te encontrabas en Londres, pero puedes explicar qué hacías allí.

—¡Desde luego, Percy! Claro que es muy fácil. ¡El veintitrés! Eso fue el día siguiente de la boda de Agatha. Veamos. ¿Qué hice? Llegué de Woking por la mañana, y almorcé en el club con Charlie Symons. Después… ¡Ah, sí!, cené con los Fishmonger. Lo recuerdo porque el ponche no me sentó nada bien, y a la mañana siguiente estaba indispuesto. Sin ir más lejos, tengo la caja de cigarros que traje de la cena. —Señaló un objeto que había encima de la mesa, y se rio nerviosamente.

—Creo, señor —dijo el joven, dirigiéndose respetuosamente a mí—, que usted mismo se habrá dado cuenta del error. Queremos ayudar a la ley como todos los ingleses, y no deseamos que Scotland Yard quede en ridículo. ¿No es así, tío?

—Desde luego, Bob. —El anciano parecía estar recobrando la voz—. Desde luego, haremos todo lo que esté en nuestra mano para ayudar a las autoridades. Pero… pero esto es un poco excesivo. No logro recobrarme de la sorpresa.

—¡Cómo se reiría Nellie! —dijo el hombre gordo—. Siempre afirmaba que te morirías de aburrimiento porque nunca te ocurría nada. Y ahora vas a desquitarte con creces —y se echó a reír de un modo muy agradable.

—Por Júpiter, sí. ¡Imagínate! Vaya una historia para explicar en el club. La verdad, señor Hannay, supongo que debería estar enfadado para demostrar mi inocencia, pero es demasiado gracioso. ¡Casi le perdono el susto que me ha dado! Parecía usted tan triste, que he pensado que tal vez había matado a alguien estando dormido.

No podía ser una actuación; era detestablemente genuino. Se me cayó el alma a los pies, y mi primer impulso fue pedir disculpas y marcharme. Pero me dije a mí mismo que no podía darme por vencido, aunque me convirtiese en el hazmerreír de toda Gran Bretaña. La luz de las velas era muy tenue, y para disimular mi confusión me levanté, fui hacia la puerta y encendí la luz eléctrica. El súbito resplandor les hizo parpadear, y yo escruté los tres rostros.

No me sirvió de nada. Uno era viejo y calvo, otro era corpulento, y otro era moreno y delgado. Su aspecto no desmentía que fuesen los tres que me habían perseguido en Escocia, pero nada les identificaba. No entiendo por qué yo, que como picapedrero había cruzado mi mirada con dos pares de ojos, y como Ned

Ainslie con otro par, por qué yo, que tengo buena memoria y el don de la observación, no pude reconocerles. Parecían lo que afirmaban ser, y no habría podido jurar que no lo eran.

En aquel agradable comedor, con grabados en las paredes y el retrato de una anciana dama encima de la repisa de la chimenea, no vi nada que les relacionara con los fanáticos de los páramos. Había una pitillera de plata junto a mí, y vi que había sido ganada por Percival Appleton, del club de St. Bede, en un torneo de golf. Tuve que concentrarme en el recuerdo de Peter Pienaar para no salir corriendo de aquella casa.

—Bueno —dijo cortésmente el anciano—, ¿está satisfecho del interrogatorio, señor?

No encontré palabras para responder.

—Espero que considere compatible con su deber olvidar este ridículo asunto. No me quejo, pero es muy molesto para personas respetables como nosotros.

Meneé la cabeza.

—Oh, Dios mío —exclamó el hombre joven—. ¡Esto es demasiado!

—¿Acaso se propone llevarnos a la comisaría de policía? —preguntó el gordo—. Quizá esto fuera lo mejor, pero supongo que no se contentará con la policía local. Tengo derecho a pedirle que nos enseñe la orden de arresto, pero no quiero formular ninguna calumnia contra usted. Sólo está cumpliendo con su deber. Sin embargo, admitirá que lo hace con mucha torpeza. ¿Puedo saber cuáles son sus intenciones?

No había nada que hacer más que llamar a mis hombres y arrestarles, o bien confesar mi error y marcharme. Estaba hipnotizado por el lugar, por el aire de absoluta inocencia, no sólo inocencia, sino sincera estupefacción e inquietud en aquellos tres rostros.

«Oh, Peter Pienaar», gemí interiormente, y en ese momento estuve a punto de maldecirme por tonto y pedirles perdón.

—Mientras tanto, propongo que juguemos una partida de bridge —dijo el gordo—. Dará tiempo al señor Hannay para reflexionar, y nos distraeremos un rato. ¿Quiere usted jugar, señor?

Acepté como si se tratara de una invitación normal en el club. Todo aquel asunto me había hipnotizado. Fuimos al salón de fumar, donde había una mesa de juego, y me invitaron a fumar y beber. Ocupé mi lugar en la mesa como en un sueño. La ventana estaba abierta y la luna iluminaba los acantilados y el mar con una luz amarilla. La cabeza me daba vueltas. Los tres habían recobrado la compostura y charlaban con naturalidad de los temas que se oyen en cualquier club de golf. Yo debía destacar como un bicho raro, sentado entre ellos con el ceño fruncido y la mirada ausente.

Mi pareja era el joven moreno. Soy un jugador de bridge bastante aceptable, pero creo que aquella noche no hice un buen papel. Vieron que habían logrado desconcertarme, y eso les confirió aún más seguridad en sí mismos. Yo seguí observando sus rostros, pero no me revelaron nada. No es que tuviesen un aspecto distinto; eran distintos. Me aferré desesperadamente a las palabras de Peter Pienaar.

De repente algo me despertó.

El anciano bajó la mano para encender un cigarro. No lo cogió en seguida, sino que se retrepó un momento en la silla, tamborileando con los dedos sobre las rodillas.

Recordé que había hecho este movimiento cuando me hallaba ante él en la granja de los páramos, encañonado por las pistolas de sus criados.

Fue un pequeño detalle, que sólo duró un segundo, y había un millar de probabilidades contra una de que en aquel momento yo estuviera mirando mis cartas y no lo viese. Pero lo vi, y, en un instante, el aire pareció aclararse. Las sombras de mi cerebro se desvanecieron y observé a los tres hombres de un modo muy distinto.

El reloj de la repisa de la chimenea dio las diez.

Las tres caras parecieron cambiar ante mis ojos y revelar sus secretos. El joven era el asesino. Ahora vi crueldad donde antes sólo había visto buen humor. Estaba seguro de que su cuchillo era el que había atravesado el corazón de Scudder. Otro de su misma calaña había atravesado a Karolides con una bala.

Las facciones del hombre gordo parecieron borrarse y formarse de nuevo mientras yo las contemplaba. No tenía una cara, sólo un centenar de máscaras que podía ponerse cuando quería. Este individuo debía ser un excelente actor. Quizá hubiera sido lord Alloa la noche anterior; quizá no, no importaba. Me pregunté si habría sido el que encontró a Scudder y le dejó la tarjeta en el buzón. Scudder me dijo que ceceaba, y me imaginé cómo podía llegar a aterrorizar la adopción del ceceo.

Pero el anciano era la flor y nata del grupo. Era totalmente cerebral, frío, calculador, tan cruel como un martillo a vapor. Ahora que mis ojos se habían abierto me pregunté dónde había visto la benevolencia. Su mandíbula parecía de acero, y sus ojos tenían la inhumana luminosidad de los de un pájaro. Seguí jugando, y el odio fue creciendo en mi interior.

Me asfixiaba, y no pude contestar cuando mi pareja me habló. No resistiría su compañía mucho rato más.

—¡Caramba! ¡Bob! Mira qué hora es —dijo el anciano—. Sería mejor que te apresurases si no quieres perder el tren. Bob tiene que ir esta noche a la ciudad —añadió, volviéndose hacia mí. Ahora sí que noté la falsedad de su voz.

Miré el reloj, y vi que eran casi las diez y media.

—Me temo que deberá retrasar su viaje —dije.

—Oh, maldita sea —exclamó el joven—, pensaba que había olvidado esas tonterías. No tengo más remedio que irme. Le daré mi dirección y todas las seguridades que quiera.

—No —repliqué—, tiene que quedarse.

Creo que entonces se dieron cuenta de que su situación era desesperada. Su única oportunidad había sido convencerme de que estaba haciendo el ridículo, y en eso habían fallado. Pero el anciano habló de nuevo.

—Yo respondo de mi sobrino. Eso debería bastarle, señor Hannay —¿fueron imaginaciones mías, o percibí realmente un cambio en la suavidad de aquella voz?

Debió ser así, porque cuando le miré parpadeó de aquel modo tan similar al de un halcón que el miedo había grabado en mi memoria.

Toqué mi silbato.

En un instante las luces se apagaron. Un par de fuertes brazos me agarraron por la cintura, tapando los bolsillos en los que un hombre podía llevar una pistola.

—Schnell, Franz —exclamó una voz—, das Boot, das Boot! —al mismo tiempo, vi aparecer a dos de mis hombres en el jardín iluminado por la luna.

El joven moreno se lanzó hacia la ventana, y saltó a través de ella y por encima de la valla antes de que nadie pudiera alcanzarle. Yo agarré al viejo, y la habitación pareció llenarse de figuras. Vi al gordo cogido por el cuello, pero mis ojos estaban pendientes de lo que ocurría en el exterior, donde Franz corría por la carretera hacia la reja que daba paso a las escaleras de la playa. Un hombre le seguía, pero no pudo alcanzarle. La verja de las escaleras se cerró herméticamente tras el fugitivo, y yo me quedé mirando, con las manos en torno al cuello del viejo, durante el rato que un hombre invertiría en bajar esos escalones hasta el mar.

De repente mi prisionero se desasió y se lanzó contra la pared. Oí un chasquido como si hubiera accionado una palanca. Después se produjo un ruido sordo, procedente de las entrañas de la tierra, y a través de la ventana vi una nube de polvo en el lugar donde estaban las escaleras.

Alguien encendió la luz.

El anciano me estaba mirando con ojos centelleantes.

—Está a salvo —exclamó—. No le alcanzarán a tiempo… Se ha ido… Ha triunfado… Der Schwarze Stein ist in der Siegeskrone.

Esos ojos reflejaban algo más que triunfo. Habían parpadeado como los de un ave de presa, y ahora centelleaban con el orgullo de un halcón. La llama del fanatismo ardía en ellos, y por primera vez comprendí con quién me había enfrentado. Aquel hombre era más que un espía; a su modo había sido un patriota.

Mientras las esposas se cerraban en torno a sus muñecas, le dije mis últimas palabras:

—Espero que Franz soporte bien su triunfo. Debo decirle que el Ariadne está en nuestras manos desde hace una hora.

Tres semanas después, como todo el mundo sabe, entramos en guerra. Yo me incorporé al Nuevo Ejército la primera semana, y debido a mi experiencia en Matabele obtuve inmediatamente el grado de capitán. Sin embargo, creo que presté mi mejor servicio antes de ponerme el uniforme.